ORDINAIRE

www.lemasque.com

Audrey Najar

ORDINAIRE

ÉDITIONS DU MASQUE
17, rue Jacob 75006 Paris

Maquette de couverture : Louise Cand.
Photo de couverture : © Hayden Verry / Arcangel.

ISBN : 978-2-7024-5079-6

Audrey Najar est née en 1982 sous le soleil de Los Angeles. Scénariste et réalisatrice au sein du duo « Najar & Perrot », elle développe plusieurs projets artistiques pour le théâtre et le cinéma et est également journaliste. *Ordinaire* est son premier roman.

À tous les voisins,
et à celui-là, qui m'a inspirée malgré lui.

« Il est triste de jouer à cache-cache dans ce monde
où l'on devrait se serrer les uns contre les autres. »
Jean Cocteau

Prologue

Décembre.

Il n'y a rien de plus banal que la mort. Après les cris, le silence engloutit tout. Le sang, lui, s'écoule dans un sillon discret, faisant rougir le bitume. Tout est calme. Les allées de troènes dorment encore, harmonieuses, taillées au cordeau. Un sentier verdoyant à l'abri de la pierre, du bruit, des voitures, des klaxons. Le soleil, comme les oiseaux, se lève péniblement. Il n'y a plus de nids, plus de musique. C'est un temps à corbeaux. La fatigue est partout.

Aziz est épuisé lui aussi. L'homme de ménage de la copropriété plie sous le poids de ses désillusions. Tous les matins de la semaine, son réveil sonne à 5 heures. Il avale un bol de céréales à la va-vite, s'engouffre dans les transports. Compressé entre les gens pressés. Il trottine jusqu'à l'immeuble, regarde sa montre. Il arrive à 6 heures, le dos courbé. Aziz arrose les plantes, sort les poubelles, nettoie les halls. Ce matin, la tête embrumée, il pense à ses enfants, à son divorce, et donc par ricochet à sa femme. Cette sorcière qu'il a pourtant aimée, cette sorcière qu'il n'aimera plus jamais, qui lui fait un procès, qui veut l'humilier, le torturer, lui reprendre l'essentiel : sa descendance. Il pense à tout, sauf à ce qui l'attend. Il a froid dans son pull en laine polaire bleue. Il rêve de gants et de soleil. Il rêve de remonter le temps, que sa femme l'aime encore, que ses enfants soient petits, qu'ils croient toujours au père Noël. Il ne voit pas le corps qui gît à quelques mètres de lui. Il ne voit pas les vivaces écarlates. C'est léger, un détail, un défaut, un oubli malheureux. C'est une fausse note. Rien qu'une fausse note, un mauvais film, une hallucination. Tout en lui veut se boucher les oreilles, se coller les doigts au fond des tympans, se crever les yeux.

Mais soudain, il baisse la tête vers ses baskets rougissantes. Il baisse la tête et il crie. Comme une bête, il hurle, à réveiller tout le monde. Il n'y a plus de raison de se tenir, de ne pas gêner les autres, de faire bonne impression. Cette voix-là, personne ne l'avait jamais entendue. Lui-même ne se la connaissait pas. Comme un enfant, il appelle au secours pour échapper à ce cauchemar vorace mais la réalité le rattrape par le col. Les lumières s'allument une à une, guirlande capricieuse. Un enchaînement de loupiotes qui ne savent pas si elles veulent vivre ou mourir. Du bâtiment A au bâtiment D, les fenêtres s'ouvrent, les curieux demandent :

— Qu'est-ce qu'il se passe ?

Personne ne sait. Une rumeur gronde dans la cour triste et grise. La cour rouge, la cour noire, la cour obscène, la cour morte. Tous les regards braqués sur Aziz seul au milieu de la scène, mauvais spectacle de gladiateurs dont il serait le seul survivant. Bientôt, les pompiers, les policiers, les sirènes et les gyrophares. Bientôt la vérité nue, la lumière crue d'un matin d'hiver qui goûte au drame. Plus tard, Aziz passera le jet d'eau, se mettra à genoux pour frotter les traces avec obstination. Il donnera son temps, son énergie pour que les voisins oublient cette terrible journée du 3 décembre. Tous ces humains qui vivent côte à côte planqués dans leurs tours de béton, se croyant à l'abri du drame, flottant dans leur déni. Leurs murs mitoyens comme des boucliers de papier. Peine perdue, un jean et des baskets salopés pour rien. Personne n'oubliera. Comme un virus, toxique, leur mémoire ne les lâchera plus, le souvenir les réveillera la nuit, les torturera, chacun leur tour. C'était pourtant une copropriété sympathique avec des voisins comme tous les autres. Ils ont eu de bons moments. Il y a eu des fêtes et des éclats de rire. Comment la nuit a-t-elle fait son nid si discrètement? Soustraction de battements de cœur. Il suffit parfois de bien peu de chose pour que l'ordinaire vole en éclats. Une succession de broutilles, la faute à pas de chance.

— Faut s'y faire, des gens qui meurent y en a tous les jours…, a commenté la vieille du huitième.

— Oui mais pas comme ça, a répondu son mari le regard rivé vers la scène de crime.

Pas comme ça.

1

Dix mois plus tôt.
Avril.

Le réveil n'a plus besoin de sonner, Hervé a les yeux ouverts. Depuis qu'il est à la retraite, il se sent déréglé, marginal, inutile. La nuit, il dort mal. Ses rêves sont stériles. Le matin, dès l'aube, il scrute le plafond : sa teinte jaunie, ses imperfections, les toiles d'araignée oubliées. À côté de lui, Élisabeth rêve encore. Elle porte sa nuisette blanche en coton. Celle qu'elle a chinée dans une braderie d'Alfortville il y a cinq ou six ans. Hervé en connaît tous les boutons par cœur. Sept au total, et un petit nœud en ruban satiné au milieu. Il passe sa main sur les épaules de sa femme, sur la dentelle de son décolleté. Il pense un instant à leurs quarante ans de mariage. Il la revoit dans sa petite robe évasée, sur les marches de la mairie. Ce jour de printemps, beaucoup de leurs amis, de leurs familles étaient encore vivants. Il n'était pas sûr, alors, que c'était ça le bonheur. Il avait peur, dans son costume étriqué, de la routine qui s'annonçait, de l'ennui possible, peur de se lasser, peur de l'enfermement du couple, il avait ressenti une sueur froide quand elle avait glissé l'anneau le long de son annulaire. Il se trouve con désormais d'avoir pensé tout ça. Élisabeth, avec son caractère bien trempé, ses convictions, ses cheveux courts, est la plus belle chose qui lui soit arrivée. Souvent, il se dit qu'il ne la mérite pas.

Hervé a soixante-cinq ans. Les années ont arrondi sa carrure déjà épaisse. Du gras s'est logé, sans gêne, le long de ses cuisses, sur ses fesses, autour de son ventre, jusque sur ses joues. Un embonpoint qui, selon sa femme, le rend sympathique. Un côté nounours rassurant. Ses cheveux fins s'étirent sans but pour atteindre le haut de ses épaules. Ils sont gris depuis longtemps. Élisabeth préfère dire qu'ils sont argentés, elle l'appelle « Hervé aux cheveux d'argent ». Il l'aime bien, ce surnom, c'est une manière de sucrer le temps.

Dans la salle de douche microscopique aux murs carrelés, glauques, il regarde son reflet comme on regarde quelqu'un qu'on n'aime pas. Ce matin-là, il se sent plus vieux qu'un autre jour, plus retraité, plus chiant, plus moche. Dans son pull sans forme marron, avec son bas de pyjama rayé, il ressemble à un repris de justice ou à un chanteur has been. Retraité… Il n'a que ce mot en tête depuis la petite sauterie organisée par son patron dans la salle de réunion il y a bientôt deux ans. Quarante ans à vendre des pneus, avec le sourire, avec certitude. Quarante ans à bouffer à la cantine avec ses collègues, ses amis, ses ennemis. Quarante ans de salade vinaigrette, de museau de porc ou de jambon purée. Quarante ans de double rivet, de flanc, de liseré blanc, de pneus de collection, de pneus pour quad, pour 4x4, à prix cassés.

Il a pensé pneu la majorité de sa vie, il s'était convaincu de l'importance d'avoir de bons pneus, il en avait vendu à tout son entourage, les faisant profiter de ses tarifs imbattables. « Des gommes de qualité pour votre sécurité. » Maintenant, il n'a plus rien à vendre. Il n'a plus de cartes de visite, plus de bureau, plus de fonction. Plus d'e-mails, plus d'appels, seulement des publicités. Il n'a plus rien à faire. Il n'est plus personne. Rien qu'une ombre immobile, clouée entre quatre murs.

À peine 8 heures. Il décide de laisser dormir sa femme et appelle Billy d'une claque sur la jambe. Sans demander son reste, le bichon maltais blanc émerge de son sommeil et bondit hors de son panier en direction de son maître. Hervé ne l'attache jamais, il aime élever son chien dans un sentiment de liberté, somme toute relative. Billy le suit partout, il n'est pas aventureux. Un petit pipi sur les hortensias de la copropriété et l'affaire est pliée. Hervé le laisse faire seulement quand Élisabeth ne l'accompagne pas. Elle le maudirait. Ces hortensias, elle en prend soin comme de la prunelle de ses yeux, c'est elle qui les a choisis et même plantés pour la plupart. Quand elle croise Aziz, Élisabeth lui demande toujours de les arroser en conscience. Elle dit que même les hortensias ont besoin d'amour.

Hervé emprunte l'escalier pour éviter d'attendre l'ascenseur. Rien ne l'agace plus que d'avoir à poireauter pour voir si la machine va finir par se libérer ou s'enfuir au moment où il appuiera sur le bouton. L'ascenseur, comme la chance, lui échappe souvent. Billy le suit, sautillant de marche en marche. Du béton en colimaçon. Deux étages, vingt-quatre marches. Ils saluent Aziz qui s'échine à faire briller la vitre de la porte d'entrée.

— Salut Aziz, ça va ce matin ?

— Faut bien Hervé ! Faut bien…

Hervé se demande s'il aurait mieux valu creuser. « Faut bien », ce n'est pas une réponse franche ni positive mais il n'a pas l'énergie d'écouter Aziz lui parler de ses problèmes de couple ou de paternité. Il a vite fait de fuir, le chien sur les talons. Il traverse la cour, les bacs de fleurs, les arbustes, les bambous, le potager collectif, toute cette verdure ferait presque oublier la froideur du ciment, l'antipathie de l'immeuble, l'architecture néo-fasciste qui crie chaque jour à Hervé de se barrer de chez lui sous n'importe quel prétexte : une baguette, un ticket à gratter, un paquet de feuilles, tout, plutôt que de rester enfermé dans ce mouroir où il finit toujours par revenir la queue entre les jambes. Au début il l'aimait bien, cet immeuble. Il appréciait son emplacement central, sa proximité avec le bus et quelques commerces du quartier. Le vis-à-vis sur les autres ne le dérangeait pas quand il travaillait, et depuis sa retraite, il prend plaisir à observer la vie de ses voisins, la lumière chaude de chez eux, leurs discussions muettes, leurs moments de solitude. Il observe le monde pour y décrypter un éventuel mode d'emploi. Quand il ne sort pas, il ouvre les fenêtres pour glisser un peu de bruit sous sa chair.

En bas, des relents de récréation. C'est la partie joyeuse, là où les voisins peuvent se croiser, échanger amabilités et bons mots. Ce matin-là, la fille du rez-de-chaussée part au travail. Elle est comme précédée de son ventre, sérieusement arrondi. Hervé lui sourit et allume une cigarette. Il prend soin de ne pas recracher la fumée au visage de la Vietnamienne. Thaïlandaise ? Il n'est plus sûr. Elle lui fait un rapide salut et tourne les talons, pour ne pas rater le RER. Le D, comme détresse ou détermination.

— *Hasta la vista !* il dit en levant la main droite en l'air.

Un léger sourire demeure figé sur son visage, creusant ses rides roses. Hervé aime bien croiser ces inconnus familiers tous les matins, partager leur quotidien sans en faire partie, deviner leurs secrets, se comparer à eux, prendre des nouvelles et sonder leurs habitudes. Ces blocs d'immeubles assortis auraient presque un côté familial. Hervé les voit comme une grande maison divisée entre plusieurs enfants, les gens du dessus et les gens du dessous. Au seuil de sa porte, un autre monde s'offre à lui. Un monde où l'on se jauge avec cordialité. Un monde où tous le connaissent, au moins de vue : Hervé, le bon Hervé, rassurant, peu bavard et jamais contrariant. Dans cet univers-là, il se sent plus fort. Les démons intérieurs se taisent et se replient. Il abandonne sa peau d'ours mal léché pour se faire sympathique et souriant. Il se force à peine, ravi d'embrasser une vie sociale et de capter ces quelques regards qui lui prouvent qu'il existe encore dans la matière.

Siméon apparaît, sa baguette sous le bras. Siméon, l'Arménien du troisième. Musicien, solitaire, mystérieux, beau. Des cheveux noirs assortis à ses yeux, un nez aquilin et des traits réguliers. Il y a une douceur en lui qui n'appartient qu'aux sages. Du haut de ses trente-cinq ans, il sort peu et passe son temps libre à jouer du duduk ou à chanter, accompagné de son piano. Sa voix transperce les murs comme un vent délicieux, qui apaise, qui endort, qui réconcilie. Un chant joyeux, libre, chaud et profond, qui guérit les blessures pour crier à voix basse l'histoire d'un peuple déraciné. Siméon et Hervé n'ont rien en commun. La poésie et le prosaïsme. Pourtant ils s'aiment bien. Leur sympathie s'exprime à travers un humour potache. Hervé se moque gentiment du hautbois de Siméon, en bois d'abricotier. Siméon, lui, s'en prend toujours à la bedaine, relativement assumée, de son voisin.

— J'te propose pas de baguette, hein ? Ça va pas t'aider à maigrir.

— Figure-toi que j'ai perdu 500 grammes, alors je vais pas me priver. Toujours pas de partenaire ? Tu continues à t'astiquer le duduk ?

Ils en sont là quand ils voient arriver avec appréhension la gardienne de l'immeuble. Manuela traverse la cour à vive allure, le regard braqué dans leur direction. Manuela et ses bas de contention, Manuela et sa jupe plissée verte, son débardeur lâche, ses cheveux blonds décolorés. Manuela, son rouge à lèvres fuchsia, ses yeux maquillés de bleu. Elle s'arrête devant eux et saisit un morceau de pain des mains de Siméon, l'air sincèrement bouleversée.

— Marie-Claire est morte cette nuit.

Marie-Claire Hussard, la plus gentille des voisines. Sa tête toute blanche, ses robes jaunes, ses bégonias, ses rosiers au balcon, ses sourires gratuits. Marie-Claire Hussard, veuve depuis toujours, courageuse, discrète et amicale. Partie sans prévenir, du haut de ses quatre-vingt-cinq ans. Elle qui vivait au-dessus des nuées, au troisième étage, elle a décampé. Il se sent un peu mort tout à coup, lui aussi.

C'est le présent qui vient tirer sa révérence sur la pointe des pieds. Le présent qui se conjugue déjà au passé.

— Elle a eu des problèmes gastriques et elle s'est déshydratée. Elle a fait une crise cardiaque dans son salon. C'est sa fille qui l'a trouvée, la tête sur la moquette. C'était trop tard. Si c'est pas malheureux. Elle sera enterrée vendredi. J'peux pas parler, ça me rappelle trop le cancer de mon mari. J'vous laisse.

Manuela baisse les yeux, c'est ce qu'on doit faire dans ces cas-là. En cas de deuil, on baisse les yeux. On compte les cailloux, on n'a plus le droit au ciel. Le ciel, c'est pour les anges et les oiseaux. Dans le hall, la gardienne pose la main sur l'épaule d'Aziz. Hervé les regarde parler sans entendre leur discussion. Il la connaît déjà. Leurs lèvres s'entrouvrent et puis se ferment. Leurs regards pleurnichent, mais tout en eux murmure : *heureusement, cette fois, c'est pas pour nous.* Manuela regagne sa loge. Elle tire les stores en dentelle sur sa vie et ses secrets, sur son monde, ses photos, sa blanquette qui mijote. Aziz a fini, il s'empresse d'enfiler son blouson. À midi, il devra nettoyer des bureaux de télévision, ensuite des voitures dans un garage, avant de courir récupérer sa fille à l'école. Il faudra bien rentrer, se disputer encore, et enfin, dormir. Oublier. Cinq heures sur pause, l'échappatoire, la petite mort, même sans jouissance.

2

La tête sur la moquette. Marie-Claire est morte. S'il croyait en Dieu, Hervé aurait été soulagé, il l'aurait imaginée riant, dans les bras de son mari. Mais Hervé n'est pas croyant. Non, il pense à sa tête bleuie sur la moquette, et à son cercueil sous la terre. Ses yeux clos, son sourire éteint, son squelette froid. Là-dessous, fini les randonnées, la montagne pour les vacances, et les petits-enfants tous les dimanches. La terre partout autour, partout dessus. Hervé repense à Marie-Claire, à leurs échanges dans la cour, aux assemblées générales joyeuses, au soir où elle les avait invités chez elle pour un dîner de voisins décontracté. Elle avait fait des œufs en gelée, un cassoulet et un fraisier en dessert. Elle avait mis de la musique « pour l'ambiance », Joe Dassin en boucle. Élisabeth avait chanté, il avait fini le fraisier. Les paroles lui reviennent, il chantonne à voix basse :

Le vent s'engouffre dans ma valise,
pourtant la chance est souvent venue.
Elle est bien brave, quoi qu'on en dise,
mais il ne faut pas trop dormir dessus.

La pauvreté manque parfois de charme,
mais l'herbe est douce aux malheureux.
Pas de discours et plus de larmes,
venez mes frères me dire adieu.

Billy pousse un râle asthmatique puis se laisse tomber mollement sur le lit conjugal, entre deux oreillers fatigués. Hervé pense à ces trente-huit ans côte à côte, à se saluer, à échanger des généralités débonnaires. Trente-huit ans et pourtant il ne la connaissait pas. Elle est morte toute seule, dans son appartement suranné, alors qu'il regardait la télé avec sa femme, Billy ronflant au milieu, la gueule ouverte, son haleine fétide en offrande.

Élisabeth est en train de terminer de se déshabiller quand il lui apprend la nouvelle. Il y a quelque chose de sadique dans l'annonce mortuaire, comme une course où l'on veut être le premier. Celui qui révèle, qui surprend, celui qui sait. Un rictus nerveux saisit la bouche d'Hervé. Sa bouche fine, cerclée de poils grisonnants. Une barbe mal taillée, naissante, hirsute, sans trajectoire fixe. Une barbe paumée, oubliée. Des herbes folles, un champ de bataille. Élisabeth se tourne vers lui, le regard triste. Un bout de sa vie, de son histoire vient d'être emporté avec l'octogénaire. C'est encore cette mort putassière qui vient la narguer.

Elle range ses baskets compensées dans l'armoire en acajou. Elle ne porte plus que des baskets, elle dit qu'à son âge, elle ne compte plus laisser ses pieds souffrir dans des chaussures étroites ou à talons. Elle a décidé qu'elle serait belle en baskets. Et puis avec son hallux valgus, il n'y a que ça qu'elle puisse porter. Elle dit qu'elle a les pieds tournés vers les autres, comme le coeur. Tant pis si ça fait mal.

— C'est quand l'enterrement ?

— Vendredi... Pourquoi ?

— Ben parce qu'on va y aller ! On ne peut pas la laisser partir toute seule.

— Oh non... Tu crois ? Pour ce qu'elle en a à foutre maintenant...

— Dis pas ça, elle t'entend peut-être.

Un enterrement encore. Hervé ne les supporte plus. Avant, il pouvait faire l'effort. Les chants, les larmes, les gens en noir, tout ça lui aurait serré la gorge, mais désormais ce rituel est devenu une torture. Chaque nouvelle mise en terre lui rappelle toutes les précédentes : sa mère, son père, le frère d'Élisabeth, ses grands-parents quand il était encore enfant, et puis bien sûr... Paul. Chaque cercueil, chaque cortège funèbre, chaque costume sombre, chaque croque-mort, chaque berceau, chaque turbulette lui rappelle inlassablement Paul. Paul, Paul, ses cheveux blond vénitien, son regard souriant, son ventre rond. Paul, ses gazouillis, ses pleurs aigus. Paul, son absence éternelle, insupportable. Hervé sait qu'Élisabeth pense aussi à lui. Tous les jours, tous les soirs et puis la nuit aussi. Une vie en apnée. Longtemps qu'ils n'en parlent plus. Ils ont décidé de rester ensemble, d'être plus forts, de continuer à vivre. Ils sont allés voir quelques fois un psychothérapeute conseillé par un cousin éloigné, et puis un jour, ils ont manqué le rendez-vous, ils ont séché le psy, lui ont posé un lapin, en riant, à défaut de hurler, de leur relative rébellion. Qu'y avait-il à dire de toute façon ? Que c'était injuste ? Qu'un enfant ne doit pas mourir ? Qu'il doit courir, regarder des dessins animés, sauter sur le lit, mettre du crayon partout, qu'il doit chanter, revenir blessé d'un match de foot, tout, mais pas mourir ? Eh bien il était mort, le petit Paul. Mort à l'hôpital, un matin d'été.

Le petit Paul aurait fêté ses trente-six étés en juillet.

3

L'église Notre-Dame est trop grande pour être remplie. La famille de Marie-Claire est regroupée à l'avant comme un troupeau de chèvres apeurées, sa fille, son gendre, les petits-enfants, quelques cousins. Une ancienne collègue prend la parole. Hervé tient la main de sa femme. Il a du mal à respirer. Son pull, col camionneur, étrangle sa gorge. Son manteau prend des airs de camisole de force. Le souffle ne passe plus. Les visages défaits, l'angoisse, le Christ ressuscité ou mort, chaque image lui renvoie l'agonie de son fils. Son agonie. Marie-Claire mesurait près d'un mètre soixante-dix. Dans ce cercueil bas de gamme, on dirait qu'elle a rétréci. Peut-être l'ont-ils roulée en boule pour qu'elle tienne, pour ne pas payer la taille au-dessus ? Même petit, ce cercueil n'a pas l'allure d'un cercueil d'enfant.

Les mots jetés dans l'enceinte résonnent. *Une femme forte. Une femme généreuse. Une femme délicate et sensible. Marie-Claire merci, Marie-Claire adieu.* Les larmes roulent le long des joues d'Hervé, il tente de les faire disparaître d'un revers de main. Sa grosse main rugueuse, sa pogne tachetée de temps. Élisabeth pleure aussi, en silence, élégamment. Autour d'eux, d'autres voisins, droits comme des I, sombres comme des spectres. Hervé garde le regard rivé sur le livret qui lui a été distribué à l'entrée. Sur la première page, une photo de sa voisine, souriante, dans les montagnes, avec ses bâtons de marche. Il garde le cap sur elle, sur ce bonheur-là, celui qui a existé, même s'il est nécrosé. La fille de Marie-Claire, brune à la peau diaphane, fait un long discours, la voix tremblante, sur cette mère débrouillarde, féministe et croyante. Elle croyait en l'humain, en l'amour, en un après lumineux. Pour elle, il faut embrasser, vivre intensément. Dépasser la peur et se connaître vraiment. *Facile à dire*, pense Hervé. La peur convenablement musclée ressemble parfois à un culturiste.

Les morts se marrent, les vivants chialent. Comme tous les autres autour de lui, Hervé pense à son propre enterrement. Qui sera là ? Que diront ses proches, ceux qui resteront ? Pour peu qu'Élisabeth soit partie avant lui, tout ce qu'il laissera c'est du vide. Il n'y aura pas d'enfants pour le regretter ou lui pardonner. Pas d'argent, trois fois rien, de l'argent qui ira à une association ou à sa sœur qu'il ne voit plus depuis leur dernière dispute. Six ans, deux mille cent quatre-vingt-dix jours. Une vie. Un beau gâchis. En touchant le cercueil, c'est à lui qu'il pense, à ses propres peurs, à son nombril boursouflé. Réminiscences d'encens, de bois, de pièces, de papier. Saturation de lys bientôt fanés, d'obséquiosité. Cortège sinistre, vaincu. Défilé de perdants. Prières sourdes. Déni de tout. La terre molle, le cœur sec, la pluie partout.

Après l'enterrement, un pot est organisé dans l'appartement de la défunte. Hervé ne sait pas quoi dire, il n'a pas les mots. Il dit simplement, à tous ceux qu'il voit :

— Désolé…

Il bégaie, il se gave de petits-fours et de mousseux sous l'œil attentif de sa femme, qui lui fait signe de se calmer. La fille de Marie-Claire tient bon, elle rit même avec Élisabeth, puis elle pleure. Elle rit, elle pleure, sur son épaule. Elle se souvient. *Maman, ma chère maman. Maman si gentille. Comment faire sans elle ?* Élisabeth enveloppe cette quarantenaire aux traits durcis entre ses bras. Ses bras de maman orpheline consolent l'enfant définitivement abandonnée.

Une tape dans le dos fait sursauter Hervé qui attaquait le sucré. Un mini éclair au café à la main, il se retourne vers Pascal, le président du conseil syndical. Pascal a l'air farceur, un long nez, une calvitie prononcée, des dents jaunies par son appétit de vivre. Il porte un costume gris foncé, et une chemise en gabardine. Pascal dit, l'air grave :

— Quelle tristesse. Dire qu'elle était là, à la construction de l'immeuble.

— Eh oui, répond Hervé, démuni. Et toutes ces fleurs sur son balcon, qu'est-ce qu'ils vont en faire ?

— C'est vrai qu'elle avait la main verte. Comme Élisabeth ! Je ne sais pas qui va prendre sa place à la commission jardin. Pour les fleurs, j'imagine qu'on peut en donner une partie. Tu sais d'ailleurs, je voulais te dire… On ne va pas pouvoir garder Manuela, elle pèse trop lourd. Je veux dire, sur les charges. Tout le monde se plaint. On n'a plus les moyens de se payer une gardienne de nos jours.

Chacun prendra son courrier, Aziz pourra aider un peu... T'es d'accord ?

Hervé hoche la tête et lance un regard vers Manuela, placée de l'autre côté du buffet. Il a pitié d'elle mais pas le courage de la défendre. Même si elle rêve de partir, de rejoindre sa famille en Bretagne, elle va se retrouver sans emploi, avec sa maigre pension de veuve. Manuela va partir, comme Marie-Claire. Elle ne le sait pas encore, saucissonnée dans sa robe noire en velours. Elle ne sait pas que la vie peut basculer en un claquement de doigts, quand elle le décide, qu'il ne faut jamais, jamais, se laisser aller à croire qu'on peut être tranquille. Non, toujours être sur ses gardes, en position de défense. Manuela, qui passe toujours la porte sans qu'on l'y invite, qui s'assied dans le salon, qui soupire, qui demande un café et puis un sucre, un verre d'eau avec ? *Oui, pourquoi pas ?* Manuela qui connaît par cœur chaque copropriétaire, qui met de l'affect dans tout, qui n'a pas de filtre, Manuela et ses paillettes sur les ongles, ses séries préférées, son tatouage de fée clochette usé jusqu'à la corde. Manuela, bientôt, la porte, les au revoir, un train à grande vitesse direction Nantes et l'amnésie. Au milieu des invités, Hervé pétille, rempli de bulles à 8,5 %. Une petite bulle prête à exploser, qui vole au-dessus des corps, et qui tient, vaille que vaille.

4

Mai.

Hervé et Billy passent leurs journées à zoner. Ils ont l'air aussi désœuvrés l'un que l'autre. Que faire quand on n'attend plus rien de vous ? Que faire, à part attraper la balle, acheter le café et le pain, errer dans la cour de l'immeuble ? Élisabeth travaille encore. Elle donne des cours d'anglais à Gentilly. Tous les matins, elle boit son English Breakfast et avale deux tartines avec du beurre demi-sel. Quand elle part travailler, elle embrasse toujours son mari, soit sur le front, soit sur les lèvres, ça dépend de son humeur, et puis elle aime le surprendre. Parfois, elle vise la nuque ou le nez. Hervé est suspendu à chacun de ses baisers, petit moineau chétif qui tend le bec bien droit pour être nourri, pour vivre encore.

Il se demande si elle continue à travailler non pas seulement pour l'argent, mais aussi un peu pour l'éviter, pour ne pas avoir à faire face toute la journée au fantôme de leur fils, à cette dépression latente et morbide. Elle le laisse, légèrement hagard devant l'écran de télévision qui diffuse des images hystériques. Malgré son taux de cholestérol, il est drogué à l'omelette matinale. La porte se referme sur la silhouette parfumée d'Élisabeth. *Cabotine.* Le gingembre sauvage, la cardamome, l'ylang-ylang, la tubéreuse et le musc s'enfuient. Il ne reste plus qu'une amère absence doublée du silence. Hervé la suit des yeux jusqu'à la porte. Il compte deux minutes et puis se lève comme un automate, marche jusqu'à la fenêtre pour la regarder traverser la cour, de dos, dans son long manteau vert. Il espère qu'elle se retourne, mais elle ne le fait pas, et avance d'un pas rapide jusqu'à ce que la rue l'avale. Quand elle a disparu, il contourne le frigo, y attrape une bière qu'il décapsule contre l'évier puis retourne s'asseoir devant la télé et finit son omelette sous le regard insistant de Billy, qui va jusqu'à miauler comme un chat pour récupérer les restes. Hervé pose l'assiette sur le sol et laisse le chien lécher méthodiquement l'assiette jusqu'au blanc immaculé.

La douche chaude le répare. Après quelques minutes, il tourne le robinet pour que le jet se fasse glacé, que l'eau de la ville le réveille, le fasse renaître, pour un seul jour, une seule seconde. Il enfile le peignoir beige qu'il partage avec sa femme et s'applique à ordonner ses cheveux à l'aide d'un peigne. Le temps s'est tellement étiré depuis la retraite qu'il s'attelle à ne faire que ça, se peigner. Se peigner sans penser. C'est quelques secondes de gagnées. Ensuite il s'habille, il prend son temps pour choisir entre ses trois vêtements. La majorité du temps il s'en fout mais aujourd'hui il a envie de se faire beau. Il choisit une chemise bleue, celle qu'il mettait souvent le lundi pour attaquer une nouvelle semaine de travail. Il serait prêt à reprendre du service.

Au lieu de ça, il allonge les bras en avant pour replonger dans le néant. Pas une voix sauf la sienne. Le babil du frigo, de la télé, du robinet qui fuit. Rien à faire, rien à foutre. Les bons jours, un ramier vient se poser devant sa fenêtre. Il se fait tout petit pour le regarder. C'est son plus beau feuilleton. Fixer son oeil rond et noir dans un océan de jaune, ce dégradé mauve sur l'enflure de la panse, ses ailes grises et brunes comme dessinées à l'encre de chine, son air de tout savoir, sa liberté insolente et sa facilité à se barrer sur un coup de tête, à tire d'aile. Et il se barre toujours. Hervé boit une autre bière pour chasser l'image obsédante de la naissance de Paul. Ce moment si bref, si intense où la sage-femme lui a tendu le bébé violet et rose, le bébé hurlant, les yeux clos. Ce moment si ancien, dont il parvient encore, malgré tout, à capter l'intensité, où il a saisi Paul, encouragé par sa femme, pour le blottir contre lui. C'est une faille temporelle, le plus beau moment de sa vie. Il se souvient qu'il avait pensé avoir enfin droit au bonheur. Il y avait un sens à vivre, il transmettrait tout ce qu'il aimait le plus à ce petit humain qui les avait choisis pour famille. Il transmettrait son savoir-faire automobile, il lui parlerait de sa passion pour les tempêtes et la foudre, les Chamallows, l'odeur de la colle, les puzzles et le bord de mer. Il lui apprendrait à compter comme il avait appris lui, avec des billes. Ils regarderaient ensemble des films de Chaplin, feraient eux-mêmes leur pop-corn. *Vous voulez le prendre monsieur?* Cette phrase tourne en boucle dans sa tête et le poignarde avec une telle violence qu'il ne sait pas comment lutter. Une partie de lui accepte, veut revoir ces images encore et encore, l'autre ne le supporte pas.

Pour les faire taire, les réconcilier, il faut boire encore. Ce n'est pas qu'il ait le choix. Et le temps finit par passer, et ses pensées s'apaisent un peu. Hervé et Billy s'endorment un moment, blottis l'un contre l'autre. Cette sieste involontaire s'est faite quotidienne. Quand il se réveille, Hervé a toujours honte. Il sait qu'il ne devrait pas dormir, qu'il a trop bu. Il ramasse les bouteilles vides, les met dans un grand sac-poubelle. Quand il croise le regard de Billy, il se demande s'il le juge. Il bénit le fossé des langues qui empêche le chien de tout raconter à Élisabeth le soir venu. Peut-être qu'il ne dirait rien, après tout, Hervé fait confiance à cet animal plus qu'à n'importe qui d'autre. Sa fidélité le rassure.

Depuis que Marie-Claire est morte, Hervé se surprend à regarder régulièrement par l'œilleton de la porte. Pour vérifier si quelqu'un passe par là, si Marie-Claire n'est pas revenue, si elle ne descend pas l'escalier lentement en s'accrochant à la rambarde. Pour voir si Manuela n'a pas envie de prendre un café, si elle a n'a pas du courrier pour lui. Sa voix éraillée, ses expressions, sa dyslexie lui manquent. Manuela est repartie en Bretagne, le nez coulant et l'air dépassé. Elle ne leur pardonnera pas ces adieux insensibles. Il la revoit lui faire une bise déçue. Pas un mot. Même Élisabeth n'a pas eu le droit au regard haut. Manuela est partie, sa grosse valise à roulettes couinant derrière elle tandis qu'elle traversait la cour vers la voiture de son grand et gros frère. Entre ses bras, toutes les plantes qu'elle a pu emporter, les plantes de Marie-Claire : le petit rosier chétif, l'hortensia bleu et même le mandarinier. Elle savait qu'elle était observée, aucune effusion.

Elle est montée rapidement. Son frère a jeté la valise dans le coffre, puis les plantes. Et ils sont partis. Hervé n'est pas sûr, mais il lui semble bien avoir vu un doigt d'honneur se profiler côté siège passager avant que la voiture ne disparaisse pour de bon. Il a voulu lui écrire, prendre des nouvelles, réclamer une carte postale, mais l'indolence a eu raison de toutes ses belles idées. Après tout, ils n'étaient pas si proches.

Il décide de sortir, enfile une veste. Sa préférée, trouée à l'épaule. Il siffle son chien et sort sur le palier. Des voix retiennent son attention. Élisabeth le traiterait de commère, une vieille commère qui se nourrit de la vie des autres, de leurs petites turpitudes. Les voix sont celles des vautours, des agents immobiliers. Ils ont senti la décomposition, ils ont rappliqué avec leurs pochettes cartonnées sous le bras.

— Ah oui, il est très lumineux, très agréable, oui. Très. La copropriété est extrêmement sympathique, c'est verdoyant, vous avez vu à cet étage, il y a même un balcon. Vous êtes au-dessus du monde, si vous vous penchez légèrement, vous voyez le port. C'est beau n'est-ce pas ? Et puis il y a de la place. Bon, c'est dans son jus, faut pouvoir se projeter, mais vous les sentez, les bonnes ondes ?

Les silences, les *oui, oui* des incertains se promènent à l'étage du dessus, balayant de leurs chaussures poussiéreuses l'appartement de l'ancienne propriétaire, les tapis berbères, la moquette où ont grandi ses enfants. Ils jugent les babioles, les tableaux au crochet, les traces de graisse sur la crédence en carrelage de la cuisine, les motifs « légumes » démodés. Ils ne savent pas qu'elle est morte le mois dernier, dans son salon, déshydratée. Ses appels au secours, sa fin prématurée ne les concernent pas. Ils pensent potentiel, placement, travaux. Les agents se frottent les mains, dans leurs costumes gris, vulgaires. Ils savent que même dans cet immeuble infect, le prix monte avec les étages. Les pigeons vont payer pour la vue, pour un bout de ciel, pour se sentir dominants le temps d'une moitié de vie, pour chier sur les autres.

Billy se met à aboyer.

— Tais-toi un peu ! lui chuchote le sexagénaire d'un regard réprobateur.

Mais le bichon a son petit caractère et tient à sa sortie. Sa vessie de petite taille ne peut lui permettre d'écouter ces conneries plus longtemps. Vite, à lui les hortensias. Les roses, ses préférés. Il s'élance déjà dans les escaliers, obligeant le retraité à le suivre d'un pas flegmatique, frustré de ne pas avoir vu les visages des potentiels acquéreurs.

5

Les trottoirs sales, les gens pressés à vélo, en voiture, en trottinette et même à pied. Ils marchent à contretemps, comme une musique altérée, un mauvais disque, un échec commercial. Un pas discordant avec l'humeur du reste du monde. Ils traversent le marché, Billy salive devant les cochonnailles de la boucherie de l'angle. Le fleuriste s'est transformé en pressing. Les banques et les hypermarchés ont avalé le centre-ville. Il reste quelques commerces anciens, comme des reliques : le restaurant turc et le bar-tabac préféré d'Hervé : Le Perroquet. Les habitués s'y retrouvent autour d'un café ou d'une pinte. Il y a une odeur de toujours, rassurante. Une odeur de mousse acidulée et de javel. Hervé achète un paquet de feuilles et sa chique blonde. Il prend aussi un ticket à gratter, petit plaisir futile qu'il s'autorise de temps à autre. Tout en buvant un verre de rosé, le soixantenaire gratte frénétiquement du bout de l'ongle la case surprise d'un Banco. Il aime changer : Cash, Quitte ou Double, Astro ou Jackpot. Il reste raisonnable, octroyant un budget d'1 euro à sa chance. Il suffit de ça, un euro, pour que sa vie fasse volte-face comme une crêpe. Il a lu il y a peu qu'un homme de quarante ans a remporté 500 000 euros au ticket à gratter à L'Oubli, un bar sur la côte normande. Il avait une chance sur trois millions de gagner. Hervé invoque Paul et Marie-Claire pour un petit coup de pouce. Gratte, gratte. Une seconde d'adrénaline avant la révélation. La possibilité d'une coquette somme. Qu'est-ce qu'il ferait s'il devenait riche ? Hervé sait que ça changerait tout. Il irait à l'agence immobilière d'en bas, celle que dirige le grand beau gosse du quartier qui connaît tout le monde. Presque deux mètres, les cheveux longs et grisonnants, des yeux verts malachite. Il lui dirait avec aplomb : *Je veux acheter une petite maison avec un jardin plein sud ou alors un dernier étage avec vue sur la Seine. Je veux le meilleur, rien que le meilleur. Le budget n'a pas d'importance.*

Il offrirait un bijou à Élisabeth, irait acheter des huîtres, elle adore ça. Il lui dirait : *Tu vois que je suis plein de ressources.* Il prendrait un nouveau collier pour Billy. Celui qu'il a repéré dans une boutique dédiée. Magnifique, en cuir rouge, style indien avec une boucle en laiton, des lacets marron ainsi que des petites perles turquoise sur le pourtour. L'étiquette indiquait : 129 euros.

— Il est doublé en cuir bleu ciel, c'est un modèle épais et confortable, il a beaucoup de succès, lui avait dit la fille. Le tout cousu main, elle avait ajouté.

129 euros, qu'est-ce que je m'en fous qu'il soit cousu main, il s'était dit avant de la remercier poliment. Rien que d'imaginer Billy porter ce bijou lui redonnait le sourire. Il serait le plus beau chien du quartier, sûr et certain. Il pourrait même ajouter une médaille avec son nom et sa date de naissance. Il ferait graver son numéro de portable au cas où. Même s'il n'attache jamais Billy, Hervé songe qu'il pourrait aussi acheter la laisse assortie comme les gens chics des beaux quartiers. Pas de pull pour l'hiver, Élisabeth trouve ça ridicule. Il se souvient qu'elle avait éclaté de rire en voyant un chihuahua en col roulé à torsades.

Il irait faire des courses dans les grands magasins, se referait une garde-robe, avec un pantalon tout neuf en velours côtelé, plusieurs tee-shirts et un pull vraiment doux. Il jetterait les siens tout rêches aux ordures. Il achèterait de nouvelles baskets pour sa femme, taille 37. Les plus belles du magasin.

Zéro. Encore un ticket perdant et ce sentiment fugace d'être un bon à rien, un nul, de lire le mot *loser*, aussi net que ce chiffre noir qui se planquait sous la pellicule argentée en latex.

Hervé décide de se promener encore. Il fait bon, les jours rallongent, Billy adore voir la Seine. C'est la plage sans le sable. Pour y arriver, ils longent les programmes neufs, les grues, les échafaudages, les bennes et les échelles. Le monde de demain. Et puis, les Roms qui squattent la rue Kennedy. Le monde d'aujourd'hui. Quarante personnes, des enfants, des vieillards. Les voisins d'à côté, ceux d'en dessous, les invisibles. Près de la mairie, il reconnaît des gens qu'il a vus toute sa vie. Ils ont vieilli, eux aussi. Est-ce qu'ils y pensent, eux ? Leurs sourires sont-ils de façade, simples grimaces de politesse ? Il évite son reflet dans les boutiques. Il coupe par le square Camélinat. Les jeunes garent leurs scooters trafiqués en vrac, ils laissent les canettes, les gobelets, les mégots de cigarettes. Ils s'en foutent. La fin du monde est proche, c'est ce qu'on dit à la télé, alors pourquoi s'emmerder ? Chacun pour sa gueule. La solidarité est un leurre, un conte de fées. L'individualisme règne. Il faut marcher sur les autres pour toucher du doigt les nuages.

La médiathèque Simone Veil, son refuge en hiver, le cinéma, la maternelle et ses cris d'enfants, douce berceuse urbaine. Torture psychologique. Il les regarde parfois, à travers la grille, les enfants. Ceux qui se disputent, qui se bousculent, qui rient, qui jouent à la marelle ou à sauter par dessus l'élastique. Il se surprend à sourire, son cœur le serre, il a tellement mal. Il se demande lequel ressemble le plus à Paul. Il en choisit un et le suit des yeux jusqu'à ce qu'un surveillant siffle la fin de la récréation. Il se dit qu'il n'y a que ça de vrai, les enfants, leurs joies, leurs peines inconsolables, leurs fous rires, leurs questions sur tout, leur innocence pure comme un diamant.

Le bus 103 est bondé. Quai Blanqui, les souvenirs l'assaillent : il y a longtemps, c'était un petit village, il revoit le kiosque à musique devant la mairie, Élisabeth enceinte avec une glace à la pistache dans chaque main et lui croquant dedans de toute sa bouche pour la faire rire. Son ventre rond de huit mois, ses mains dessus. Il adorait l'embrasser, ce nid, ce giron plein de promesses. Un coffre au trésor. Maintenant, il marche tête baissée pour éviter les crottes, le soir ils ne sortent presque plus.

Le long de la Seine, il se laisse tomber sur un banc. Billy aboie après les mouettes égarées. Elles le rendent fou. Qu'elles retournent à leur bord de mer, à leurs crevettes, à leur soleil, à leurs transats. À lui, les silures et les miettes de pain. Hervé sort son téléphone portable et envoie un émoticone à Élisabeth : un cœur enrubanné. Ensuite, il prend une photo de sa vue sur l'hôtel Chinagora et les barges du côté de la Marne. Elle lui écrit : *Je te rappelle plus tard.*

Si elle veut bien faire en lui répondant tout de suite, Hervé se sent rejeté par ce message type qu'elle lui balance tandis qu'elle s'occupe de quelqu'un d'autre que lui. Il aimerait qu'elle soit retraitée elle aussi, définitivement. Qu'elle soit tout à son mariage. Peut-être que son ennui serait moins grand si elle était assise à ses côtés. Il lui prendrait la main, lui parlerait des silures qui peuvent peser jusqu'à quatre-vingt-dix kilos, mesurer plus de deux mètres et se faufiler incognito entre les péniches et les bateaux-mouches. Ce poisson si commun et pourtant hors-norme vit à l'ombre de la vase. Son mystère le fascine. C'est son monstre du Loch Ness à lui, esprit qui menace de l'emporter un jour vers le fond des eaux. En attendant, il suit des yeux le skieur traîné le long d'une corde par le Correct Craft. À l'avant une femme crie en faisant de grands signes comme s'il avait gagné les jeux olympiques. L'homme, penché en arrière, virevolte dans le sillage. Il se donne des airs de Tony Curtis ou Roger Moore dans la série *Amicalement vôtre*.

— J'aurais aimé ça, essayer le ski nautique, dit-il à Billy.

Et comme il n'obtient pas de réponse, le vieux se met à siffler l'air de la bande originale de John Barry. Ça donne encore plus de gueule à la scène.

6

Juin.

— Tu pourrais faire un effort quand même…

Hervé soupire, il sait que sa femme a raison. Il ne peut pas se rendre à la réunion du conseil syndical avec son sarouel à motifs ananas et son tee-shirt « J'suis pas vieux, j'suis vintage. » Il hausse les épaules et retourne se changer dans la chambre. Il va chercher, au fond du placard, son unique chemise blanche ainsi qu'un pantalon beige à chaque fois plus petit. Quand il rejoint Élisabeth, elle lui offre un sourire amoureux, sans s'appesantir sur le ventre comprimé de son mari.

— Ben voilà, beaucoup mieux ! T'es beau comme un camion.

— Merci, ça me va droit au cœur.

— Tu comptes garder tes tongs ? Non, parce que ça jure un peu, quoi.

— Merde, les tongs ! Oh et puis, ça va, t'es bien en baskets.

— C'est pas pareil, des baskets, c'est passe partout, les tongs ça fait plage.

Hervé ne peut jamais avoir le dessus lors d'une conversation avec sa femme. Il sait que quoi qu'il arrive, elle aura le dernier mot. Non pas qu'elle ait forcément raison, mais elle ne lâche jamais, c'est un principe de survie. Il préfère donc abandonner immédiatement son combat. Trente ans de vie commune lui ont donné quelques clés pour s'épargner des demi-heures inutiles. Il lui faut deux minutes pour troquer ses tongs contre des chaussures bateau.

Les huit membres du conseil syndical sont assis en arc de cercle dans le salon de Pascal. Ce dernier a la présence d'esprit de dire un petit mot en l'honneur de leur voisine fraîchement décédée.

— Marie-Claire avait bon cœur, elle n'a jamais raté un conseil, jamais. On la regrettera beaucoup, elle qui a tant œuvré pour cette copropriété, et qui est notamment à l'origine de la réfection de l'escalier du bâtiment D, ainsi que de l'installation prochaine du code côté rue. Maintenant trinquons et passons à l'ordre du jour, si vous le voulez bien.

Hervé ne se fait pas prier. Il a déjà descendu son verre de blanc et saisit la bouteille pour servir ses voisins. Il se ressert généreusement au passage, cachant le léger tremblement de sa main droite en la couvrant de la gauche. C'est une technique apprise avec les années, camoufler son penchant pour les degrés supplémentaires même s'il n'échappe à personne. Ses joues rouges, sa couperose, sa mauvaise articulation le trahissent autant que son tremblotement mais il est convaincu de faire illusion. Quand sa femme lui dit tout bas :

— Chéri, je crois que tu as assez bu là.

Il répond, sûr de lui, se croyant rassurant :

— Tout va bien.

Et il se ressert un verre qui compte double, certain d'avoir dissipé l'inquiétude d'Élisabeth.

Il sait que ces réunions sont pires que les dîners de famille : les jalousies, les bourre-mou refont surface sur fond de gougères mal décongelées, un pugilat. Tout y passe : le pin mort de la résidence d'à côté qu'il faut les sommer d'abattre, le sort de la loge de Manuela qui va être revendue, mais à qui ? Les étrennes d'Aziz que le voisin du rez-de-chaussée remet chaque année en question, l'incident de la voiture volée de M. Krohn, la réfection des ascenseurs, et la demande d'extension de Mme Mado, évidemment rejetée à l'unanimité. Pas de cadeaux. Ce qui compte, c'est d'économiser, de gagner du terrain, de se faire une place. C'est une concurrence silencieuse, un jeu d'échecs. Personne ne tient à se faire bouffer son pion. Quitte à dire une connerie, il faut exister à tout prix, parler, occuper l'espace, sortir quelques bons mots, rappeler qu'on s'y connaît, citer les articles du règlement de copropriété à tout va. Pascal sait y faire, il tranche toujours avec délicatesse, il est respecté des autres, lui dont l'expérience et l'ancienneté rassurent. Il dit quasiment toujours non mais en prenant soin de ne vexer personne, en posant parfois une main rassurante sur un genou ou une épaule, en disant « un jour peut-être », « bien sûr, bien sûr » et des « je vous tiendrai au courant » mort-nés. Les copropriétaires n'ont qu'une hâte : en finir avec ses basses considérations pour passer un moment joyeux et hors du temps. Siméon sort son duduk comme à l'accoutumée. Il ensorcèle son auditoire en riant. Mme Marty danse avec les mains, les entrelace à l'orientale, faisant tout oublier de ses origines ch'ti. Elle dit qu'elle devait être égyptienne dans une autre vie. Elle a tout appris de cette danse qu'on appelle là-bas raqs sharqi. Il ne lui manque que le soutien-gorge et la jupe à paillettes, pense Hervé en la regardant sucer la lumière. Le salon de Pascal est devenu une scène de cabaret. Ils sont désormais au Caire, il n'y a plus qu'elle, ses cinquante ans, ses fesses qui se balancent, elle de profil et de face, qui tombe vers le sol et se redresse. Ses bras dressés vers le plafond comme deux serpents fous qui découvrent l'amour. Il la trouve soudain magnifique. Les poils de ses bras se sont dressés d'émotion. Il voudrait avoir le cran de se lever lui aussi et de danser avec elle, mais il sait qu'il gâcherait cet instant magique. Siméon s'est effacé mais sourit en la regardant jeter sa jambe en l'air. La belle Mme Marty éclate de rire en finissant son numéro et tout le monde applaudit cette voisine pourtant si discrète d'habitude. Tout le monde sauf Mme Mado qui trouve cette comédie parfaitement abjecte. Elle se penche vers Hervé et lui dit dans le creux de l'oreille, d'un ton acerbe comme du poison :

— Quelle triste manière de tirer la couverture à soi.

Dans la cuisine Ikea, imitation campagne, sol en damier, table murale, Hervé roule sa cigarette tandis que Pascal, éméché, lui confie qu'il commence à fatiguer. Soixante-douze ans bientôt, il n'a plus l'énergie de gérer cette copropriété, même avec l'aide du syndic. Et puis, il a rencontré quelqu'un sur une appli que sa fille lui a recommandée. Elle s'appelle Morgane, elle est avocate, douce, mère de trois enfants et a une grosse poitrine, critère important de sélection. Pascal tend son téléphone avec la photo d'une femme brune, l'air aussi timide qu'égrillard.

— 90 D.

— Bonne pioche, elle a l'air sympa, commente Hervé en allumant sa cigarette.

— Très sympa tu veux dire. Très, très sympa… Et puis ce que j'aime avec les femmes de plus de soixante ans, c'est qu'elles s'assument, tu vois ? Élisabeth est comme ça, j'en suis sûr. Des femmes qui ont vécu, qui savent ce qu'elles veulent et ne boudent plus leur plaisir. Attends, ouvre la fenêtre si tu fumes, sinon je vais reprendre. Deux semaines d'abstinence, je veux pas replonger, et puis Morgane déteste l'odeur, je peux pas me permettre. Bon, sinon je voulais te demander : tu te sentirais de prendre le relais ?

— Avec Morgane ? dit Hervé, d'humeur à plaisanter.

— Oh, arrête tes conneries. Non, devenir président du conseil. Franchement ça fait des années que t'es dans la copro, tu la connais par cœur, c'est l'ordre logique des choses. Si c'est pas toi, c'est personne.

M. Krohn les interrompt. Guilleret comme rarement, il s'exclame :

— J'ai renversé un verre de vin sur votre tapis, pardon… Vous auriez du sel ? Un torchon ? Je m'en occupe ! Je m'en occupe ! Bougez pas !

Et tandis que Pascal lui tend le matériel nécessaire, il ajoute les yeux remplis d'étoiles :

— Quelle femme cette Mme Marty. Vous saviez qu'elle s'appelle Domitille ? De racine *domus* « maison ». C'est très bon signe. Je suis d'ailleurs fan de la bande dessinée de Domitille Collardey : *Chicou Chicou*, vous connaissez ?

Hervé et Pascal ne peuvent réfréner un fou rire en voyant l'homme maigre et sobre face à eux qui continue de parler sans comprendre leurs convulsions.

— Chicou Chicou, tu dis ? demande Pascal secoué par le rire.

— Oui.

— Chicou Chicou a envie de baiser, commente Hervé, hilare, se cramponnant au plan de travail pour ne pas rouler au sol.

— Bon, laissez tomber, vous êtes complètement bourrés, dit Krohn en tournant les talons, son petit torchon sur l'épaule, laissant les deux hommes écarlates.

7

Hervé est fier. Il repart, main dans la main avec sa femme dans la douceur de l'été. Les autres copropriétaires sont rentrés chez eux. Le couple a tenu à aider Pascal à tout ranger. Élisabeth a été jusqu'à faire la vaisselle. Il lui a demandé d'arrêter quand elle a saisi l'aspirateur. Au creux de l'obscurité, presque serrés l'un contre l'autre, comme deux amants qui se cachent de la lumière des étoiles, ils parlent à voix basse pour ne réveiller personne. Saouls aussi. Lui surtout. Loin des réverbères, il s'appuie sur elle, encore, toujours, son alliée, sa luciole, son ver luisant. Ils s'amusent à critiquer l'ensemble des copropriétaires. Le saucisson dégueulasse, la susceptibilité de Mme Mado et puis les blagues lourdes de Pascal, son goût de chiotte.

— Non mais t'as vu ce lustre au milieu du salon, il s'est peut-être cru à Versailles ? glousse Élisabeth.

— Je l'aime bien. T'es méchante ! Après tout ce qu'il a fait pour toi et tes hortensias, tu devrais avoir honte, la taquine Hervé.

Il rougit presque d'émotion en lui racontant ce que le président lui a proposé. Il se sent l'élu. Ces moments où on lui a donné le sentiment d'être estimé sont rares.

— Tu te rends compte, il m'a choisi moi…

Élisabeth tait ses doutes et lui dit :

— C'est une bonne idée, ça va t'occuper. Et puis, je pourrais t'aider avec l'administratif si tu veux.

— Tu sais quoi ? Ce soir j'ai pas envie de rentrer… On va prendre un verre ?

Élisabeth rêve de sa chemise de nuit, de se brosser les dents, de plonger sous les draps. En plus demain, elle cumule trois cours particuliers, avant d'animer la commission jardin de la copropriété. Elle doit leur faire des propositions de plantations, passer chez Truffaut quai d'Ivry. Elle va devoir se coltiner la vieille mégère du bâtiment A, celle qui l'emmerde à chaque fois avec ses putains de narcisses. Elle va devoir argumenter : l'orientation ne leur permet pas de grandir, ils manqueront de soleil et il faudra les remplacer. C'est un panier percé, ils n'ont pas le budget. Mais la vioque va insister, il faut de la couleur, le jaune c'est charmant, c'est délicieux, sans couleur le monde va à sa perte, et puis pourquoi pas des narcisses après tout, c'est joli les narcisses, non ?

Mais Élisabeth sait qu'elle ne peut pas refuser ce verre à son mari. Elle sent que sans son soutien, il s'effondrerait comme un château de cartes. Elle le sent faible, vidé, comme un ballon dégonflé, qui a pris son envol et ne peut que redescendre, que crever. Là, il ne s'agit pas de grand-chose, juste un Bloody Mary ou deux. Elle lui reparlera de son idée de sous-louer la chambre inoccupée de leur appartement. Il y aura bien un étudiant, une étudiante, qui cherche à se rapprocher de l'école de vétérinaire pour un loyer pas cher. Ce loyer, lui dira-t-elle, ça les allégera tous les mois, ça leur permettra de prendre des verres, comme ça, plus souvent. De pouvoir repartir en vacances. Ça fait si longtemps. La dernière fois, ils y repenseront ensemble, c'était merveilleux. Arcachon, la dune de sable, les huîtres du bassin, les pinasses qui voguent au ralenti, le manège avec vue sur la mer, la grande halle où ils avaient acheté des crevettes pour un montant exorbitant. À ce prix-là, ils avaient même mangé les têtes. Leurs serviettes de plage posées l'une contre l'autre. Dormir sans penser au travail, à ce qui suit. Regarder les enfants faire des châteaux de sable avec leurs parents agenouillés, et les ados se jeter sur leurs bodyboards dans l'eau bleu marine. S'endormir côte à côte, attraper un coup de soleil, remplir sa tête du cri des mouettes, du cri des vagues.

Encore une fois, il finit saoul et il ne s'en rappellera pas. Élisabeth le soutient, elle le porte, quand il titube et qu'il tombe. Elle sourit quand il rit, quand il urine comme Billy sur les plantes, elle le gronde comme on gronde un enfant à qui on n'en veut jamais vraiment. Elle le gronde, elle le borde, elle l'aime quoi qu'il arrive. Il n'a qu'à lui faire les yeux doux, ses yeux de chien battu, ses yeux de victime. Et s'il vomit, elle caresse ses cheveux d'argent et dit :

— T'inquiète pas, ça ira mieux demain.

Elle est là, coûte que coûte. Un homme à la mer, un homme noyé dans sa bière, son vin blanc, son whisky, sa gnôle, son eau-de-vie, son eau-de-mort, son océan de remords. Si elle pleure, il ne s'en souvient pas.

8

Les jours qui suivent sont remplis de soleil. Les voiles d'Hervé sont gonflées par un vent chaud, un vent du sud, un vent nouveau. Son bateau vogue tranquillement. C'est l'été et la gaieté qui l'accompagne. Élisabeth est belle, ses yeux pétillent quand elle voit son mari faire le pitre. La proposition de Pascal lui a redonné le moral. Son monde est presque à l'endroit. Il savoure enfin sa situation de retraité. Après tout, c'est un cadeau. À lui l'oisiveté mais surtout le choix. Plus besoin de subir la décision des autres, d'obéir à des ordres, d'exécuter sans conviction. Tout ce temps sur les bras, ça lui faisait peur. Aujourd'hui, il voit les choses sous un angle inédit. Il se sent nécessaire, optimiste. Chaque ticket perdant est la promesse d'un prochain gagnant.

Hervé se promène dans la copropriété, les mains dans le dos. Il inspecte avec intérêt les défauts et les anomalies, note sur un petit carnet ses idées d'amélioration. Quand il croise Siméon, il lui demande s'il est content, s'il a besoin de quelque chose. Il récolte les desiderata de chacun, investi d'une mission qui le dépasse, faire régner l'ordre collectif, créer une sorte de petit paradis dont il serait le créateur. Lorsqu'il transmet sa liste à Pascal, un frisson de contentement le parcourt, comme quand il était petit et qu'un professeur le complimentait parce qu'il parvenait à réciter sa poésie sans se tromper. Certes, c'était arrivé rarement, mais l'ivresse de l'orgueil était marquée en lui. Il aimait ça, se sentir fier, et devant Pascal qu'il juge impressionné, il se met à bomber légèrement le torse.

— Et si on dînait tous les quatre avec Élisabeth et ta nouvelle conquête ? lance Hervé sans avoir vraiment préparé sa proposition. À la maison si tu veux.

— Très bonne idée mon vieux, répond Pascal en caressant ses sourcils du bout des doigts. On pourra faire ça à mon retour, là on part quelques jours à Cadaqués… manger des moules !

Il se met à rire. Hervé se force à le suivre.

9

La perceuse dans ses tempes comme un revolver. Tout est bruit, tout est violence, une agression sonore, une invasion de son espace. Son monde tremble du sol au plafond à coups de masse. Une armée d'ouvriers polonais va et vient entre les étages. Ils commencent tôt, cassent tout et font une pause entre midi et deux. C'est le moment où il respire, mais ça reprend tout de suite après.

Élisabeth l'encourage à sortir, elle dit que ça ne devrait pas durer, qu'il faut leur laisser le temps, que c'est normal, que les travaux c'est comme ça, que ça dérange toujours mais qu'il faut bien les faire.

— On en a bien fait, nous, des travaux !

— Ils remontent à presque trente ans. Il y a prescription.

Elle met ses boules Quiès. Elle ne l'entend plus, le fait répéter quand il lui pose une question. Hervé doit faire face aux ouvriers dans l'escalier, aux pots de peinture, aux déchets, à leurs mégots par la fenêtre, à la sciure, au monde de Marie-Claire désincarné. Marie-Claire qu'il aimait tant se désintègre. Il les imagine arracher la moquette et le parquet, défoncer les murs avec leurs poings, lacérer les tissus avec leurs armes familières.

Élisabeth monte le son de la télé, fait comme si elle était au-dessus de ça. Hervé subit, otage du nouveau monde, le monde égoïste et bruyant des nouveaux voisins qui ne sont pas encore là mais qui prennent déjà toute la place. Il commence à regretter de ne pas avoir eu suffisamment d'instinct pour prendre des nouvelles de Marie-Claire, lui apporter de l'eau et des médicaments. Il aurait pu la sauver et elle serait encore là, en train de lire le journal dans son fauteuil en velours à franges, en silence, sans déranger personne.

10

Juillet.

La première fois qu'il a aperçu les Kobon, c'était de sa fenêtre. Il a écarté le rideau pour mieux les voir. Qu'est-ce qu'ils faisaient dans sa cour ? Qui allaient-ils voir ? D'abord, il a pensé que c'était sûrement des amis de la femme du rez-de-chaussée, ils avaient approximativement le même âge. Et puis, il a réalisé que c'était pas vraiment le même milieu social. Elle n'avait pas un sou alors que l'homme, grand, charismatique, noir, était habillé très élégamment en costume gris chiné. À côté de lui, sa femme, les cheveux longs, tressés, portait une robe bordeaux légèrement évasée et des chaussures à talons. Leurs trois enfants les suivaient sans courir. Les deux garçons portaient des chemises et leur petite sœur un tee-shirt corail avec une jupe, des socquettes et des chaussures à boucles. Un des fils tenait une laisse bleue avec un chien au bout. Un jack russell blanc avec des tâches sombres sur le haut du dos et autour de l'œil droit. Il les a perdus un instant, s'est remis dans son fauteuil et puis il a entendu l'ascenseur grincer. Élisabeth n'était pas là, elle était partie faire les courses. Billy s'est mis à grogner en entendant les pas, les voix et la clé dans la serrure à l'étage supérieur. Hervé a compris que la famille ne s'était pas trompée d'adresse. Ils étaient chez eux.

Il a attrapé Billy dans ses bras et lui a dit tout en le grattant sous la gueule :

— Les voilà… Bon, au moins, t'as gagné un copain.

Billy a préféré ne pas répondre et ils se sont installés devant le téléviseur. C'était l'heure de leur émission préférée « Crimes et faits divers ». Hervé a eu du mal à se concentrer. Il se les était figurés bien différemment. Vieux, neutres et sans enfants.

Dimanche, derniers rayons du soleil. Hervé attend la nuit. Il s'endort à moitié tandis qu'Élisabeth est en train de recoudre un gilet qui s'est déchiré au niveau du coude. Ça sonne à la porte. Il sursaute et la regarde. Ça fait longtemps que personne n'est venu sonner. Il n'y avait pas fait attention. Ce temps mort, cette attente, cette stupéfaction… *Qui est-ce ?* Hervé lance un regard interrogateur à Élisabeth qui hausse les épaules :

— Va voir.

Il se lève, amorphe. Une voix idiote et menteuse murmure du fond de son ventre : C'est Paul ! C'est Paul revenu de ses vacances avec ses amis ! C'est sûr, c'est lui. Tout le passé est un mensonge. Tout était faux même la douleur. Paul est vivant, grand, beau, les épaules carrées, le sourire en coin, des tas de souvenirs à raconter à ses parents vieillissants. Hervé se dirige vers la porte. Ses pantoufles chicotent sur le parquet lustré. Il se racle la gorge et demande :

— Oui ?

Pas de réponse, il entrouvre la porte d'entrée qu'ils avaient fermée à clé.

Le nouveau voisin est là avec son large sourire. À côté de lui sa femme tend à Hervé un sachet de madeleines.

— Bonjour. On voulait se présenter... On habite juste au dessus. Tenez, c'est de la part des enfants, ils les ont faites ce matin. Je m'appelle Panya, et ce grand dadet, c'est Laurent.

Hervé reste accroché à ce sourire féminin puis réalise que la grande main de Laurent reste suspendue au-dessus du vide. Il hésite, ne sait pas trop quoi en faire, se reprend, attrape la main dans la sienne. Il transpire un peu, il s'en veut. Il dit :

— Merci.

Élisabeth s'est levée, elle a posé son aiguille et son fil à coudre. Elle s'avance dans l'embrasure de la porte qu'elle agrandit franchement.

— Élisabeth, enchantée. Mon mari, Hervé. Il adore les gâteaux, vous ne pouviez pas lui faire plus plaisir.

— Un gourmand, c'est bon signe. Gourmandise et gentillesse vont par deux, commente Laurent.

Poncif à la con, pense Hervé. Élisabeth sourit. Elle les aime bien, tout de suite, sans détour. Ils sont beaux, ils sont jeunes, dynamiques, et ils apportent des gâteaux. Marie-Claire serait heureuse de les voir lui succéder. Hervé les détaille avec intérêt, il observe la femme d'abord, Panya, qui se tient droite, toute délicate, presque sur la pointe des pieds. Il la trouve aérienne, un nuage qu'on pourrait croquer, comme les barbes à papa dans les parcs d'attractions. Lui, sourit, grande bouche et dents blanches, cheveux rasés, regard noir. Il a le charisme qu'Hervé n'aura jamais, un air de mannequin pour les caleçons, qu'on n'a pas besoin de retoucher, le genre beau qui le sait et qui l'a sans doute toujours su. Hervé le dévore des yeux comme un enfant ébahi, la bouche ouverte, les yeux écarquillés la première fois qu'il va au cinéma. Cette beauté-là ne peut qu'être factice, songe-t-il. Il voudrait les toucher pour s'assurer qu'ils sont bien réels, que ce ne sont pas deux statues sculptées dans le marbre.

— Une famille dans l'immeuble, c'est super ! Si vous avez besoin de quoi que ce soit, surtout n'hésitez pas et encore merci pour les gâteaux !

La porte se referme sur eux, les nouveaux voisins. Élisabeth est émue de leur sympathie. Elle pose le sachet en papier kraft sur la table. Il est écrit dessus en différentes typographies « La vie est un concentré de petites joies qu'il faut partager ». La main d'Élisabeth, blanche et légèrement tachetée, se glisse à l'intérieur du sachet en quête d'un plaisir sucré. Voilà les mots qui s'échappent d'elle tandis qu'elle avale une madeleine : « Délicieux. Quelle gentillesse. » Un peu plus tard, elle dit :

— Je vais leur écrire un mot.

Hervé la regarde saisir une de ses petites enveloppes avec la carte assortie. Elle s'applique, en tirant légèrement la langue, comme une élève appliquée.

Chers voisins,
Du fond du cœur, merci pour ces madeleines.
Il n'en reste plus une seule ! On est juste à côté, si besoin.
À bientôt,
Élisabeth et Hervé.

Hervé a lu le mot lorsque Élisabeth s'est levée pour mettre le reste des madeleines sous cloche. Il n'en reste aucune, n'importe quoi. Il en reste cinq. Hervé regarde sa femme passer l'aspirateur malgré son mal de dos. Elle passe et repasse frénétiquement sous la table à la recherche d'une miette oubliée. Même si elle l'agace avec ses petits mensonges, ses raccourcis pour plaire, il la trouve jolie.

Le retraité se lève et trottine jusqu'à la cuisine. Il soulève la cloche et regarde les madeleines. Il en a envie, en attrape une et passe son index dessus pour sentir son relief. Il la porte à son nez. Ça sent le beurre. Il oscille, regarde Billy dont les yeux lui disent oui. *Oui vas-y. Ne te pose pas tant de questions, fonce mon pote.* Il en donne un morceau au chien. Comme un empereur romain, il attend de voir si son goûteur s'écroule. Peut-être qu'Élisabeth a eu de la chance, que c'est celle-là qui est empoisonnée. Pourquoi ? Pour reprendre leur appartement, faire un duplex. Ou par simple perversion. *Ils sont trop beaux pour être gentils, trop souriants pour être sincères.* Billy se lèche les babines et se dresse sur ses deux pattes arrière pour en obtenir davantage. Il veut bien goûter encore, tant pis pour le poison. Il n'a qu'une vie, contrairement aux chats, rien à perdre. Hervé sourit, il s'en veut d'avoir de telles pensées. Il devient totalement paranoïaque. Sans plus d'hésitation, il avale les dernières madeleines. Sa gorge est pleine de beurre et de sucre. Et oui, sa femme avait raison. Elles sont délicieuses. Ça mérite bien un petit mot tant que ce n'est pas à lui de l'écrire.

11

Bien sûr, elle l'a forcé à aller déposer la carte.

— Ça te fera une sortie.

Il gravit les marches à contrecœur, lui qui avait envie de rester tranquille devant la télé. Billy lui emboîte le pas, ombre loyale.

Devant leur porte, un paillasson basique, rectangulaire en fibre de coco et cette inscription, seize lettres noires assorties d'un gros cœur rouge : « Le bonheur c'est ici. » *Formidable je le cherchais*, commente-t-il, cynique. Alors qu'il se courbe pour déposer l'enveloppe, la porte s'ouvre.

— À ce soir, chérie. Bonne journée les enfants…

— Au revoir, papa !

Lui en costume, chaussures cirées, lacées, classes. Malette assortie. Son regard dans celui d'Hervé.

— Tiens, Hervé, comment ça va ? Je peux vous aider ?

Hervé n'avait pas prévu de croiser quelqu'un ce matin. Il est encore en pyjama, ses cheveux sont sales et pire que tout, il ne s'est pas brossé les dents. Il recule d'un pas, bégaye.

— Tenez c'est pour… vous.

Au son de sa voix, le chien des Kobon se précipite sur le palier en gueulant. Laurent le repousse doucement de la jambe.

— Allez rentre. Stop, ça suffit.

Hervé attrape Billy par réflexe. Laurent tient l'enveloppe d'une main ferme. Il reste un moment sans rien dire, comme s'il attendait autre chose, une phrase, un mot, un regard voire un sourire d'Hervé. Rien ne vient. Ils sont là, l'un en face de l'autre, sans un geste. L'un longiligne et confiant. L'autre plus petit, mal dans ses pompes, ratatiné sur lui-même. Deux planètes qui tournent en sens inverse. Mal au cœur. Hervé cherche tant bien que mal quelque chose à dire, un mot, juste un petit mot, une idée, une banalité pour fendre le brouillard comme il l'aurait fait avec n'importe qui d'autre. Il finit par demander :

— Il s'appelle comment ? … Le chien ?

— Vanille. Et le vôtre ?

— Billy.

Laurent sourit gentiment.

— Merci pour la lettre.

— De rien, dit Hervé en tournant les talons.

En descendant chez lui, ses claquettes résonnent au contact de chacune des marches. Il sait que son voisin l'a regardé partir, il aurait préféré ne pas avoir à lui tourner le dos. Une fois sur son palier, il voit l'ascenseur passer. Laurent à l'intérieur lui fait un signe. Hervé lève la main à son tour mais c'est trop tard, l'ascenseur est déjà sous le sol. Raté d'un rien.

Les clés dans la serrure, puis jetées sur le meuble en Formica. Hervé soupire. Élisabeth est partie entre-temps, il déteste quand elle part en le privant de son petit baiser. Billy pousse son écuelle du museau pour demander de l'eau. Hervé n'a jamais été aussi fatigué, il remplit la gamelle, la dépose devant l'animal et s'attrape une bière. Une torpeur brutale lui est tombée sur les épaules. Il se demande s'il aurait dû dire autre chose, faire un effort. Oui, il aurait pu. Il repense à sa mère qui lui disait tout le temps lorsqu'il était petit :

— Tu pourrais sourire quand même!

Les tours de passe-passe, la magie, la délicatesse, les courbettes, ces effets de manches ne sont pas pour lui.

Appeler son chien Vanille, pense-t-il, faut être con quand même.

12

Le jour est arrivé. Le 14 juillet. Pour le reste de la France, c'est une bonne chose, jour férié, feux d'artifice et réjouissances. Un sentiment de liberté patriotique. La victoire flotte au vent le long des Champs-Élysées. Une fête nationale, un sursaut de joie et de pyrotechnie, le repos pour tous. Hervé et Élisabeth font partie des rares Français qui ne partagent pas la jubilation générale. Peu importe la République, peu importe la Révolution, peu importe la prise de la Bastille, 1789 c'est loin et surtout, leur fils est mort ce jour-là. Le 14 juillet, c'est le pire des jours, le plus triste de tous, le plus sombre, celui où le froid entre partout, par chaque pore des murs émoussés. Le 14 juillet, c'est une cicatrice qui ne se refermera jamais. Des millions de points de suture n'y changeront rien. Le 14 juillet ce sera toujours un réveil malheureux, une journée de merde, quelques rares textos bien-pensants, de la mélancolie et leurs gueules d'enterrement. Le 14 juillet c'est la liberté d'un peuple et leur guillotine à eux.

Ils ne sortent pas ce jour-là, jamais, sauf pour aller à l'église. Ce n'est pas qu'ils soient croyants, ils ne l'étaient déjà pas vraiment, et depuis la mort de leur garçon, ils ont dû renoncer à l'espoir d'un Dieu tout-puissant qui leur aura fait vivre l'enfer. Il allume un cierge, rituel inutile sans prières possibles. Des prières il y en a eu, elles n'ont pas été exaucées. Il regarde sa femme à genoux, pense qu'il suffirait d'un seul faux pas pour tout brûler, créer un peu de malheur autour, histoire de partager. Brûler l'église, brûler les icônes, les espoirs, les commerces à côté. Brûler la ville, brûler Paris, brûler le monde entier, les cimetières en premier. Il y pense et il oublie. Il prie, parle à son fils en secret, se demande s'il les voit, s'il les trouve changés. À quoi il ressemble, lui, maintenant ?

Paul était un petit garçon comme tous les autres, extraordinaire. Il avait de jolis yeux noisette, des cheveux bruns, un corps légèrement enrobé, une fascination pour les insectes et les pompiers. Il adorait regarder l'espace, voir les avions voler dans le ciel. Dès qu'il en voyait un par la fenêtre ou lorsqu'ils se promenaient au parc, il criait « Vaisseau ! ». Maintenant, chaque fois qu'Hervé voit un avion dans le ciel, il a le cœur brisé. Dommage qu'Orly ait modifié son couloir aérien, les avions survolent la ville en long et en large. À cause de ce foutu couloir aérien, de tous ces gens qui voyagent, des touristes, des amours à distance, Hervé voudrait chialer tous les jours. Et la voix éternelle de son petit garçon résonne dans sa mémoire : *Regarde, papa, encore un vaisseau…*

Paul avait trois ans quand sa maladie s'est déclarée. Ils n'ont rien compris. Il s'était mis à saigner des gencives, et puis à perdre l'appétit. Des petits riens, un grand tout, des bleus, de la fatigue. Un coup de mou, ça arrive à tout le monde. Élisabeth était souvent inquiète. Devenir mère, disait-elle, c'est devenir responsable, vivre dans la crainte d'un bobo ou d'un accident de voiture, le protéger coûte que coûte, renoncer à la douceur de vivre uniquement pour soi.

Ils sont allés voir le Dr Maurin, qui les a envoyés faire des analyses, et puis les analyses n'étaient pas bonnes. Ils sont allés voir un spécialiste, le Dr Estegassy les a reçus dans son bureau à Gustave Roussy. Un couloir après l'autre, ils gardaient l'espérance bien au chaud. Ils couvaient l'optimisme pour être courageux et prouver à Paul qu'il n'y avait pas de quoi s'en faire. La peur c'est pour les enfants, les monstres n'existent pas. Les médecins allaient trouver une solution, les pronostics étaient meilleurs avec les années. Élisabeth avait tout lu sur le sujet, Paul allait s'en sortir.

Mais non. Les organes étaient atteints. C'était trop tard, la leucémie aiguë lymphoblastique avait gagné du terrain. Même le nom était moche. Ils n'ont pas eu le temps. Pas de lance à incendie, pas d'épée, pas de Superman pour voler à son secours, juste l'injustice bassement humaine, leurs boyaux lacérés. Ils n'ont rien pu lui épargner avant d'en arriver à ce triste diagnostic : ponction, radiographie, IRM, biopsie et analyses sanguines. Ses bras étaient coloriés par les aiguilles. Bleu, blanc, rouge. Un patriote mort le 14 juillet et toute la France s'en fout.

13

Trop chaud, pas de place. Trois heures du matin, Hervé se tourne en soupirant. Il se tient sur la tranche comme un jambon. Gros tas de chair, inutile. Impossible de se rendormir, quelque chose lui trotte dans la tête. Une sourde colère, un dégoût. Il pense aux madeleines, puis à sa mère qui adorait cuisiner. Les odeurs de financiers lui reviennent. Il était timide, oui, il était mélancolique et mal dans sa peau. À l'école, on l'appelait « Boulette ». Il détestait son corps. Pourtant là, à 3 h 20 du matin, ces années lui manquent. Sa mère lui manque. Ses rapides et rares étreintes, malgré tout rassurantes. Son odeur de farine, de lessive. Il aurait aimé qu'elle soit fière de lui, qu'elle n'ait pas eu à regretter ses mois perdus à le porter, à l'élever. Il voudrait oublier ses regards teintés de déception à la sortie de l'école, au moment des devoirs, le jour où il a raté son bac. Il aurait aimé qu'elle l'écoute lorsqu'il tentait de se confier, qu'elle le prenne au sérieux, qu'elle le reconnaisse.

Elle a tout de suite apprécié Élisabeth. La première fois qu'il les a présentées, c'était dans le salon étriqué de son enfance qui croulait sous la multitude de babioles accumulées avec les années. Sa mère avait gardé son tablier taché de sauce tomate, elle avait dit à Élisabeth de s'asseoir, lui avait même proposé des chips. La jeune femme était aussi timide qu'à l'oral d'un examen important, elle tenait ses mains enserrées sur ses genoux afin de se donner de la contenance. Elle balayait des yeux le décor, pour mieux comprendre d'où venait celui qu'elle allait épouser. La collection de chaises minuscules l'avait intriguée. Hervé avait raconté en riant que sa mère nourrissait depuis toujours une véritable passion pour les assises. Il y avait des chaises en osier, des chaises style médaillon, des fauteuils imitation Louis XV, des chaises de collection mesurant la longueur d'un majeur, des chaises de bistrot, d'autres vintage, en bois ou en métal. Un monde réduit de gamine sans poupées. La mère n'avait pas ri, elle s'était justifiée en se targuant d'avoir déjà plus de cent modèles, ce qui en faisait une sacrée collection. Ils avaient ensuite déjeuné, un repas simple mais bon, des spaghettis à la tomate et à l'huile d'olive avec une tarte aux pommes en dessert. Élisabeth s'était resservie, ce qui avait fait plaisir à la mère d'Hervé. C'est à ce moment-là qu'elle avait posé sa cuillère et qu'elle lui avait dit droit dans les yeux :

— Tu peux m'appeler Sylvie.

Hervé s'était redressé, lui qui avait toujours vécu courbé, le nez piquant vers les trottoirs, avait attrapé la main d'Élisabeth avec une certitude qui n'appartient qu'aux gens dominants. Comme réponse, elle lui avait offert un sourire lumineux, et si elle n'a rien dit à voix haute, il est certain que sa mère a ressenti de la tendresse en les voyant ainsi, la génération future, solide et amoureuse. Seulement au moment du café, Hervé l'avait entendue confier à sa fiancée dans un rire éclatant cette boutade qui l'avait obligé à s'arrondir de nouveau :

— Je n'y croyais plus !

Lui non plus n'y croyait plus, c'est vrai, mais d'entendre sa mère dire ça, tout haut, à son Élisabeth, ça l'avait scié. C'était une confession malhabile. Il réalisait qu'elle n'avait jamais cru en lui. Il n'était qu'une excroissance, un fils manqué, un moins-que-rien, une boule de gras, un fibrome mal placé. À quoi bon errer sur la terre, sans but, sans talent ? Et puis vendre des pneus, pour qui ? Pour quoi ? Oui, il lui avait offert de beaux pneus à sa mère, elle l'avait remercié pour ça. Il savait bien que ça ne serait jamais assez pour se faire pardonner. Le départ de son père était sa faute, elle ne le lui a pas dit, mais il sait que c'est ce qu'elle a toujours pensé. Sa grande sœur le lui a répété bien assez souvent, et ça le faisait pleurer.

Il ne l'a pas connu, son géniteur. Juste quelques photos trouvées dans un album sous le lit maternel, et celle, encadrée, qu'il a gardée longtemps comme un trésor. Une photo toute bête, en noir et blanc, dans un cadre bas de gamme. Son père, en portrait, photographié de trois quarts. Léger sourire. Il s'est souvent demandé : sourire tendre ? Sourire gêné ? Sourire hypocrite ? Ou bien écœuré ? Blasé ? Désabusé ? Morose ? Triste à pleurer. Il a fini par jeter la photo. Il l'a jetée après la mort de Paul. Le jour où quelque chose a lâché en lui, l'envie de croire en un monde juste, un monde meilleur. Il a jeté son père à la poubelle, comme le plat de la veille, le gratin que personne n'a pu finir parce qu'il était raté. Imbouffable. Jeté ce sourire, quelle que soit sa signification. Un sourire faux, trompeur, menteur, hypocrite, un sourire sincère, ému ou tendre. On ne saura pas. Un sourire multiple, figé. Une balafre. Hervé ne sait pas lire cette photo de son père qu'il ne connaît pas. À la poubelle, aux ordures, avec les siens, les lâches, les égoïstes, les cons et les salauds.

Hervé se souvient que sa mère lui racontait parfois une histoire différente de celles qu'on raconte aux enfants le soir avant de dormir. C'était celle du départ de l'homme de sa vie. Celui qu'elle a rencontré dans un train à Marseille. Celui qu'elle a trouvé beau, qu'elle a aimé tout de suite. Celui qui lui avait fait croire qu'elle méritait d'être prise dans les bras pour être embrassée et dorlotée. Très vite, elle était tombée enceinte. Ils ont eu une petite fille, ils étaient heureux. Et puis la routine s'est installée, les nuits trop courtes. Lui a perdu son travail, il a mal supporté le chômage. Elle est retombée enceinte lorsque leur fille aînée avait un an et demi. La nouvelle de cette grossesse était un choc pour elle, mais un choc heureux. Elle lui avait annoncé ça en souriant, avait enrubanné le test pour lui offrir comme un cadeau. Hervé ne sait plus si c'est ce qu'elle lui a raconté ou s'il a transformé l'histoire à force de la pétrir à l'intérieur de son crâne. Il pense que son père n'a pas pu dire un mot, qu'il est resté hébété devant ce test positif. Il pense qu'il n'a rien dit non plus en partant le lendemain, pas de lettre d'au revoir, pas de petit mot « pardonne-moi », « je ne peux pas ». Si sa sœur a été privée d'un père, Hervé, lui, n'a eu droit qu'à un fantôme. Pas un baiser, pas un biberon, pas un câlin, pas un mot. Une absence. L'un arrive, l'autre part. Il a reçu une première lettre à l'âge de dix ans. Une lettre pleine de fautes, sans excuses, une lettre de reconnaissance, une corde jetée bien haut, celle qu'on attrape du bout des doigts pour se pendre. Ils se sont vus deux fois. La première dans un café miteux, trop de monde et pas de sentiments, pas de vérité non plus. Hervé avait voulu l'inviter à son mariage, c'est Élisabeth qui avait insisté... Pour « lui donner une chance ». Mais il avait décliné, le père a dit qu'il était trop occupé, qu'il aurait bien aimé pourtant. La seconde fois, c'était à son enterrement. Là le père n'avait plus rien dit, et Hervé n'avait pas réussi à pleurer.

Quatre heures du matin. Hervé fume sa cigarette à la fenêtre. Il se prend à rêver d'un balcon. Même petit. Un petit balcon sur lequel il pourrait mettre une chaise et regarder le monde, assis. Il fait chaud pour un mois de juillet. Il redoute la canicule. Chaque été c'est pareil, il suffoque. La chaleur des entrailles de la terre le fait suer. Il se demande ce que font les Kobon, si leur chambre est à la même place que celle de Marie-Claire, s'ils l'ont faite ailleurs. Est-ce qu'ils dorment là, juste au-dessus de lui ? Il se dit qu'ils en ont un, eux, de balcon.

Six heures du matin, il se recouche à côté de sa femme. Il sait qu'elle n'aime pas quand il sent le tabac, mais elle dort. Il se blottit contre elle, sans qu'elle n'y puisse rien trouver à redire. Elle sent le vin, la framboise. Elle sent le tanin, l'Hérault, le soleil. Comme il les aime ses seins lourds, blancs. Il pense à Panya, ses petits seins noirs, ses fesses, sa peau sombre et satinée. Il pense à Panya, à ses quarante ans. Distante, la musique de Siméon se met à vibrer. *Yes siretsi*. Est-ce que Siméon est aussi triste que lui ? Est-ce que c'est un chant de désespoir ? Parfois, Hervé se dit qu'il aimerait arracher sa peau pour l'échanger avec celle des autres, comprendre ce qu'ils ressentent eux, s'ils ont mal comme lui, s'ils ont peur aussi. La musique l'enveloppe, caressante, lancinante. Hervé se rendort entre les fragments de sa mémoire : le regard déçu de sa mère, l'absence de son père comme une éclipse, et dans la cour carrée, les enfants en culottes courtes qui hurlent en riant :

— Oh la boulette, la belle boulette, on en mangerait !

14

Lorsqu'il ouvre les yeux, il ne se souvient pas de ses rêves. Chaque réveil est pareil à une sortie de coma, il a besoin de temps pour comprendre où il est et qui il est. Il est toujours un peu déçu.

— Pascal a téléphoné, dit Élisabeth en s'asseyant au bord du lit.

— Ah oui ? Désolé, j'ai mal dormi, grommelle Hervé.

Élisabeth le regarde en biais, comme font les buses. La tête tournée vers la fenêtre, mais les yeux sur lui. Un peu inquiète sans doute.

— Qu'est-ce qui se passe ? Tu as encore mal aux genoux ?

— Non ça va, je ne sais pas… Je pensais à des trucs. Il t'a dit quoi, Pascal ?

— Rien de spécial, il a demandé si t'étais là.

— Il a appelé à quelle heure ?

— 11 heures.

— Tu lui as pas dit que je dormais ?

— Non… Je lui ai dit que t'étais sous la douche.

— Je vais le rappeler.

Le mutisme qui suit a toujours fait peur à Hervé. Ces silences lourds de non-dits, d'évitement. Ces silences froids, cruels, qui vous éloignent avec le temps. Avant, il y avait leurs longues discussions, leurs fous rires parfois. Avant, il y a presque cent ans. Maintenant ce silence à table, comme un troisième invité qui refuse de se lever et de partir.

Élisabeth est sortie, il se dit qu'un jour elle le quittera pour toujours, comme son père. Il la regarde s'éloigner. La voir partir le dimanche, c'est encore pire que les autres jours. À travers la fenêtre, elle avance entre les nuées de la cigarette d'Hervé. Soudain, il aperçoit Laurent la rattraper en courant. Surpris, il se cramponne au rideau. Grand sourire encore, raquette de tennis et tenue de sport. Le self-made-man, l'Américain. Le père de famille qui a le temps de prendre soin de lui. Chacun de ses muscles est une provocation. Il regarde sa femme exploser de rire, à quelques mètres de lui, sans se cacher. Elle rit des blagues du nouveau voisin, d'un inconnu, d'un autre homme. De toute sa bouche, elle rit. Quelques secondes à peine, mais il a le temps de voir son visage se déformer. Un autre visage. Un visage qu'il n'aime pas, celui des actrices porno. Laurent sourit aussi, il pose sa main sur l'épaule d'Élisabeth. Hervé n'en revient pas. Il regarde de loin cette main comme un sexe. Obscène. Malgré lui, il se cramponne au rideau de toutes ses forces. La tringle cède. Le voilage tombe et recouvre Hervé, l'empêchant d'épier la scène plus longtemps. Billy regarde son maître, *à quoi tu joues ?* Il a peur de cette forme épaisse qui ne se débat même pas sous la tenture. Un fantôme qui n'en finit pas de mourir.

15

Une bière vide, deux mégots de cigarettes dans un morceau de Sopalin. Hervé se coupe les ongles des pieds sur la table de la cuisine. Il laisse les morceaux d'ongles retomber sur le sol. Il garde dans sa paume le bout d'ongle le plus épais, celui de son pouce, et le fait rouler entre ses doigts, se pique et se chatouille, cherche une réaction nerveuse, relaxante, comme ces balles anti-stress qu'on charge de tous les problèmes. Il finit par s'enfoncer le morceau d'ongle, fort, dans le pouce de la main droite, se fait mal. Il s'arrête juste avant le sang, range la lame cornée dans sa poche. Quoi faire ? Il ne sait plus, attrape son téléphone, compose un numéro, attend. La sonnerie plusieurs fois, puis le répondeur : *Vous êtes bien sur le répondeur de Pascal, laissez-moi un message et je vous rappellerai dès que possible... Ou pas !*

Rire fugace et bip concis comme un couperet. Hervé n'est pas sûr d'avoir quelque chose à dire. Il raccroche.

Billy pisse. Il pleut. Les rues sont vides. Ils avancent, trempés jusqu'à l'échine. Où vont-ils ? Hervé n'en sait rien, Billy encore moins. Ils marchent ainsi, pratiquement une heure. Ils finissent trempés au Perroquet. Un signe de la main aux habitués. Ses vêtements sont mouillés, il a froid. Billy grelotte à ses pieds. Des bribes de discussions convenues :

— Sale temps. Y a plus de saisons.

— Demain doit faire beau.

— Le commissariat de nuit va fermer.

— Une femme est morte dans un incendie, une fillette blessée.

La bière passe mal. Elle lui brûle la gorge, tout l'œsophage. Elle lui brûle l'estomac. Incendié. Il pense à la main de Laurent. Il pense au rire d'Élisabeth. L'averse est passée. Il pense à la fillette. Son téléphone sonne. Il met du temps à le trouver, la sonnerie est trop forte. Putains de cloches, elles lui filent la migraine à chaque fois. Il décroche enfin. C'est Pascal.

— Oui, Pascal, ça va ? Quand ça ? Ce soir ? Oui, oui. D'accord. Non, on n'avait rien de prévu. Oui je te jure. OK. Je préviens Élisabeth. Huit heures, très bien.

Chaque fois qu'il parle à Pascal, il raccroche avec le sourire. Pascal a ce don sympathique de voguer au-dessus des flots, il parle comme une brise légère, jamais en force, toujours gaie. Sous la table, Hervé raconte à Billy : Pascal leur a proposé de dîner ce soir à la pizzeria. Il n'avait pas oublié. Un dîner à quatre avec leurs compagnes. Billy pourra venir aussi. Pour fêter ça, il décide de s'offrir un ticket à gratter. C'est un jour à gratter sa chance. Grâce à cet appel, il ne pense plus à ce con de Kobon ni à sa main abominable. Il commande une nouvelle bière. Le serveur lui dépose sa pinte, avec un petit rire comme un grelot.

— Vas-y mollo cette fois mon gars, je dois en garder pour les autres.

Hervé ne répond pas au boutonneux qui est déjà retourné derrière son comptoir. Il devrait bénir ses clients fidèles, c'est pas comme si le Perroquet vivait ses meilleurs jours. Trois pèlerins sont attablés de l'autre côté du bar, collés à la vitre comme des poissons dans un bocal. Ils jouent aux cartes sans parler. L'un d'entre eux gueule et puis se tait de nouveau. Le patron, dodu, moustachu pèse sûrement cent kilos. Ici tout le monde l'appelle l'armoire à glace. Il est tellement baraqué qu'il ne peut plus rapprocher ses bras l'un de l'autre. On dirait un cintre. Il a une voix éraillée, parle seulement pour dire des noms de plats « Cheeseburger », « tartiflette » ou des insultes quand le serveur, qui se trouve être son fils, fait des conneries du type casser une assiette ou se tromper d'addition. *Je sais pas comment on peut être aussi con*, il dit, ou encore *il tient de sa mère celui-là*. Il met de la musique, souvent trop forte, mais Hervé n'ose pas lui demander de baisser, après tout, les règles, c'est le patron qui les fixe. Il écoute donc Nostalgie, Souchon, Cherhal et puis les pubs qui lui permettent de toujours connaître les promotions du moment chez Carrefour.

Là, il gratte tout en pensant à ce dîner, et la pellicule se détache et la colère, et le chagrin se dissipent. 400 euros. Hervé reste hébété devant ces trois chiffres côte à côte qui se sont imposés sans prévenir. Il regarde Billy puis le morceau de papier, se pince pour vérifier que cette victoire est bien réelle. Il lit de nouveau : gain 400 €.

Il se lève, un léger tournis le saisit, mélange du plaisir d'avoir gagné combiné à l'effet de la bière. Sur le comptoir il dépose le ticket sous le regard éberlué du propriétaire.

— Oh putain le con ! Il a gagné 400 balles !

Hervé sourit sans un mot, il est content qu'on lui accorde enfin un peu de mérite. La chance l'a choisi lui, et personne d'autre, dans ce bouge minable.

— Tu payes ta tournée ou quoi ?

C'est le mec du fond qui demande. Hervé se marre intérieurement, il ne lui a jamais adressé la parole et voilà qu'il ose réclamer son bock. Il peut se brosser, et dans le sens du poil. Le patron fait ses fonds de tiroirs et tend plusieurs billets colorés au retraité. Il tire la langue. Hervé les attrape dans sa grosse main rugueuse, abîmée par l'eczéma. Il paye ce qu'il doit avec les pièces dormant au fond de sa poche distendue et fait un signe à tout le monde en passant la porte, succédé de son animal de compagnie.

— À la prochaine les ploucs.

— Même pas un pourboire ! siffle le serveur entre ses dents du bonheur.

Les cinq hommes regardent Hervé s'éloigner à travers la fenêtre, envieux de toutes les possibilités qu'offre cette petite fortune.

La voix de Jeanne Mas accompagne les pas d'Hervé et ceux de Billy, version légèrement accélérée. Les passants défilent, ils n'ont plus aucune importance. Les feux sont tous au vert. Les nuages se sont volatilisés, demeure simplement le soleil chaud et bienveillant.

Tendresse rime avec Élisabeth. Pour une fois, il va aller la chercher au travail. Si elle ne lui a pas menti, elle doit finir à 18 heures chez son élève rue Paul-Vaillant-Couturier. Mille idées se bousculent dans sa tête pour supplanter les pensées sombres qui prennent la forme du visage de Laurent.

Il part acheter des fleurs, les préférées de sa femme : des œillets et des pivoines. Il demande un joli bouquet avec du feuillage. Elle comprendra qu'il l'aime toujours, peut-être plus encore qu'au tout début de leur histoire. Il a pris le chemin inverse des autres, il l'a aimée davantage jour après jour, avec les kilos supplémentaires, les rides et les disputes, avec la lassitude, la routine, la douleur du deuil, leur désenchantement. Elle est devenue indispensable, une reine sur un autel en feu. Il ne lui dit pas souvent avec des mots mais chacun de ses silences veut dire *Je t'aime comme un fou.*

Billy n'avait pas autant trottiné depuis des lustres, il en a les pattes ankylosées. Longtemps qu'il n'avait pas vu son maître aussi heureux et électrisé. Il aurait tout aussi bien pu mettre les doigts dans la prise.

Devant le Monoprix, une femme a demandé à Hervé de laisser son chien dehors. Billy a grogné, il déteste qu'on l'abandonne ainsi, humilié, sa laisse nouée autour de l'anneau en ferraille fixé au mur. Le petit bichon s'est mis à hurler pour se donner un peu d'aplomb. Pendant ce temps-là, Hervé se perd entre les allées regorgeant d'accessoires, de robes, de chaussures, d'écharpes, de produits de beauté. Il passe vite le rayon layette, tourne les yeux comme s'il avait vu un macchabée. Il déambule entre les étalages de jouets, s'arrête face à un décor de figurines. C'est une table de salle à manger en bois rose poudré, miniature, assortie de quatre chaises identiques. Il se dit que ça aurait plu à sa mère, c'est un peu aussi la table de salle à manger de ses rêves, autour de laquelle sa famille idéale aurait partagé des repas dans une certaine euphorie. Il pense à sa sœur, à ce qu'elle devient, il se demande s'ils se sont jamais vraiment entendus. Doit-on ressembler à son frère ou à sa sœur ? C'est comme s'il avait un grand vide à la place du cœur. Il a peur que ce trou noir l'absorbe pour de bon.

Après une longue hésitation, il saisit un coffret pour un week-end gourmand « pour être sûr de faire plaisir ». Deux nuits avec petit-déjeuner et un dîner pour deux personnes. La gommette ronde affiche « romantique ». C'est tout ce qu'il veut, rallumer la flamme. Il paye sa box à la caisse et demande un paquet-cadeau. La caissière le regarde, blasée, et lui indique qu'il n'y a pas d'emballage, que s'il veut, il peut acheter du papier cadeau à motifs au premier rayon à gauche ou bien des pochettes. Hervé retourne chercher un rouleau doré et blanc et paye le tout. Il récupère ensuite sa monnaie et recompte discrètement, se cachant des regards. Après les fleurs, le coffret et le paquet, il lui reste 267 euros. Il réfléchit puis retourne dans le magasin au rayon hommes où il se perd entre les portants de chemises, les pyjamas imprimé tartan et les maillots de bain. Il sait que ça ne sert à rien, mais se faire beau pour ce soir, lire l'envie dans le regard de Pascal, ça le ferait presque bander. Il finit par choisir un nouveau pantalon, à sa taille, et puis un tee-shirt blanc avec un dessin de Bruce Lee. Une chemise bleue avec des fleurs, parce qu'après tout c'est l'été, un maillot de bain bordeaux avec une ligne discrète sur les côtés et une paire de baskets pour Élisabeth, comme il se l'était promis. Il choisit une paire blanche avec des lacets, des strass sur le côté et à l'arrière. Il retourne à la caisse, se presse en pensant à Billy qui doit hurler à la mort, tombe sur une autre caissière. Celle-ci sourit, il se dit que ça doit lui pomper une sacrée énergie si elle sourit comme ça à chaque client, avec un sourire qui a l'air sincère en plus. Il se dit aussi que ce n'est pas parce que ce sourire a l'air sincère qu'il l'est pour autant, mais il est touché par l'effort et lui rend une mimique forcée en échange de sa monnaie. Cette fois, il n'a plus que 145 euros. Il songe que ça se dépense vite, l'argent, qu'il faut qu'il en garde un peu de côté pour ses bières, le collier du chien et d'autres idées poétiques. Une fois sorti du magasin, il détache Billy qui ne cache pas sa joie, la langue pendante, assoiffé par ses glapissements.

De retour chez lui, Hervé se sent comme un roi : riche. Chanceux. Il voudrait que Laurent le voie avec ses paquets, ses vêtements neufs. Billy s'élance dans son panier, soulagé d'en avoir terminé avec cette journée chaotique. Il ferme les yeux puis les ouvre de nouveau pour observer Hervé siffloter de l'autre côté de la pièce. Il retire les étiquettes et range ses nouvelles affaires dans son armoire. Ensuite, il sort le papier cadeau, des ciseaux et un rouleau de scotch. Il râle tout en confectionnant son emballage, le résultat n'est pas fantastique, les coins sont froissés, ça chiffonne sur les côtés. Il pousse un soupir, se dit que ce n'est pas si terrible, que l'important c'est ce qu'il y a à l'intérieur. Il positionne les deux cadeaux sur le lit conjugal, content de son effet. Il pique une des cartes d'Élisabeth, s'applique pour écrire de sa main tremblante « Pour la femme de toute ma vie ».

16

Élisabeth se fige en le voyant sur le trottoir d'en face, un grand bouquet de fleurs à la main. Il s'est mis à pleuvoir, et elle couvre sa tête avec le haut de sa veste pour protéger ses cheveux. Il lui sourit et l'embrasse comme il a vu faire les acteurs dans des grands films de cinéma. C'est un baiser maladroit, elle se laisse faire, surprise par cet élan de passion. Ils se réfugient sous l'auvent de l'arrêt de bus. Hervé lui tend le bouquet de fleurs.

— C'est un bon jour.

— On dirait, répond-elle en enfouissant son visage entre les fleurs des champs. Elles sont magnifiques. Tu as quelque chose à te faire pardonner ?

— Au contraire, dit-il, un grand sourire dévorant son visage. J'ai gagné au jeu. Oui madame ! J'ai gagné !

— Mais non ! Combien ?

— Quatre cents !

— On est riches ! ironise-t-elle en l'enlaçant de ses bras.

— Avoue que j'ai quand même bien fait de jouer.

Elle ne répond pas, toute à ses fleurs et à la joie de voir son mari heureux. L'homme qu'elle a épousé était comme ça, parfois. Plein de surprises, inaccessible dans ses pensées, mais inattendu aussi. Elle aimait ça chez lui, ne pas savoir sur quel pied danser, et puis surtout se sentir aimée comme peu de femmes, inconditionnellement. Il lui passait tout, ses lubies, ses petits caprices. Quand elle voulait quelque chose, souvent il le voulait aussi. Il aimait la surprendre, bricoler dans son dos, réparer une fuite ou remettre une ampoule, lui faire plaisir avec des petites choses quotidiennes, lui montrer qu'il l'écoutait. Et puis parfois ses gâteaux préférés cachés dans la poche de son manteau ou sous l'oreiller, des fleurs dans la cuisine, des croissants pour le petit-déjeuner. Des attentions pas chères pour lui rappeler qu'il était mordu. Avec le temps, et surtout après la mort de Paul, il n'a plus eu le goût de ces choses-là. Elle a compris qu'ils n'avaient plus besoin de ça. L'important était ailleurs, quelque part plus profond, un amour solide entre eux qui se passait de preuves.

Sur le chemin du retour, elle s'accroche au bras de son mari, ravie de constater que cet homme-là n'était pas tout à fait mort. Lui est rassuré de la voir encore amoureuse, un peu au moins, lovée contre lui, au milieu des inconnus. Il n'ose pas lui demander si son cours s'est bien passé, pour ne pas gâcher la douceur de ce moment. Il aurait aimé voir l'élève quand même, sa petite voix salope murmurant intérieurement : *Et s'il l'avait baisée là-haut, juste avant qu'elle ne descende te retrouver ? Et si elle avait été déçue de te trouver là avec tes fleurs bas de gamme ? Et si elle pensait à Laurent, les yeux fermés contre toi ?* 400 euros il s'est dit, 400 euros, c'est moi qui les ai gagnés et personne d'autre, ni l'étudiant, ni le voisin. Et il fait taire la petite voix, levant les yeux vers les paysages qui défilent lentement par la vitre de l'autobus. Ce voyage est délicieux, songe-t-il. Il suffit d'un bus, de la femme de sa vie contre lui et d'un peu plus d'argent pour chasser le vent mauvais.

Le restaurant affiche complet. Hervé et Élisabeth sont les premiers, on les dirige vers la table réservée au nom de Pascal. Billy trottine derrière eux. Il porte son nouveau nœud papillon, rayé rouge et bleu. La table en bois nappée aux couleurs de l'Italie rappelle à Hervé le modèle réduit qu'il a aperçu un peu plus tôt au magasin. C'est une tablée sans prétention qui invite la joie à s'asseoir aussi. Ils hésitent à commander du vin, mais Élisabeth dit que ça serait mieux de les attendre, que ça serait plus poli. Elle regarde ses nouvelles baskets sous la table et attrape la main de son mari :

— Plus je les regarde, plus je les aime.

Hervé sourit, il se sent malgré tout fébrile en voyant le restaurant bondé. Les voix des autres l'agressent. Il regarde le menu et les prix qu'il trouve exorbitants pour une petite pizzeria de quartier. Il regrette presque sa nouvelle chemise qui fait vieux hippie sous la lumière jaune des néons. Sa main tremble sur sa cuisse, il voudrait boire quelque chose, un gin ou un petit blanc sucré. Il caresse le chien pour se donner de la contenance. Pascal et Morgane entrent alors et les rejoignent. Ils s'embrassent comme de vieux copains. Hervé trouve que la poitrine de Morgane n'est pas aussi généreuse que ce que lui avait laissé entendre Pascal. Il en est presque déçu. Elle est néanmoins charmante, douce et sympathique. Elle lui fait penser à la neige, au vent glacé des montagnes. Rafraichissante. Dès que Pascal parle, elle glousse en levant les yeux au ciel. Deux tourtereaux. Pascal complimente Hervé :

— T'es en forme dis donc, tu t'es rasé ?

— T'as vu comme il est beau ? Figure-toi qu'il a gagné au ticket à gratter. Et nous partons en Bretagne très bientôt pour un week-end en amoureux, avec dîner et spa. La totale !

Pascal siffle entre ses dents asymétriques.

— Mazette !

Hervé sourit, si fier d'être le centre de l'attention pour une fois. Il est heureux de s'être rasé, à l'aise dans ses nouveaux vêtements sans trous ni tâches. Il aimerait se jeter sous la table pour embrasser les pieds d'Élisabeth, la remercier de lui offrir ce moment de grâce. Il en profite pour faire durer l'effet de la dopamine sur son corps et raconte dans les moindres détails ce moment où il a gratté le ticket gagnant. La façon dont il a acheté ce billet de hasard, sur un coup de tête, un lundi banal et puis l'instant où il s'est mis à gratter sans véritable espoir la fine pellicule. Il ménage son effet, fait durer le plaisir, boit une gorgée pour que Morgane ne le quitte pas des yeux, qu'elle finisse par supplier de sa voix fluette :

— Et ensuite ?

Hervé sourit.

— Et ensuite, j'ai compris que j'avais gagné.

Tout le monde s'extasie comme s'il avait gagné un million mais même s'il avait juste remporté 5 petits euros, il aurait ressenti ce contentement subtil que seuls connaissent les veinards. L'idée qu'on n'est pas chanceux par hasard le traverse, serait-il cocu ? Les pizzas arrivent, il oublie. Et puis le vin, plusieurs bouteilles, personne ne compte, surtout pas lui.

Morgane raconte qu'elle et Pascal vont vivre ensemble, qu'ils ont décidé de sauter le pas. Pascal va s'installer chez elle. De toute façon, c'est trop grand maintenant que ses enfants sont partis. Élisabeth pose plein de questions : où est-ce qu'elle habite, combien de mètres carrés, qu'est-ce qu'il va faire de son appartement, s'il n'est pas trop triste de partir ? Et les enfants, quel âge ils ont ?

Hervé voit qu'Élisabeth les regarde, attendrie. Il demande s'il peut aller fumer, Pascal lui propose de l'accompagner « par solidarité ». Ils sortent dans l'air âpre de cette soirée d'été. Pascal fume discrètement, jetant des œillades régulières vers l'intérieur du restaurant pour vérifier que Morgane ne le voit pas. Il dit qu'il n'a pas réussi à tenir mais que ce n'est pas grave, parce qu'il fume très peu et qu'il compte bien arrêter de nouveau. Hervé se demande de quoi parlent les deux femmes de l'autre côté de la vitre. Il aimerait pouvoir lire sur leurs lèvres. Pascal brise le silence :

— Sans transition, l'assemblée générale aura lieu le 2 décembre, juste avant noël.

— D'accord, a simplement répondu Hervé.

Pascal n'a rien ajouté, pas reparlé de la présidence du conseil. Hervé se demande s'il aurait dû dire quelque chose, prendre les devants. Il aurait pu se réjouir de l'emménagement de Pascal avec Morgane aussi. C'est une heureuse nouvelle, les gens se réjouissent des bonnes nouvelles, avec effusion, félicitations, exclamations et tout le tintouin. Comme le lui disait son professeur de mathématiques, Hervé est toujours « un ton trop bas ». Il le revoit dans son pull jacquard, devant son tableau assorti, sa craie dans la main.

— Mais parlez plus fort, Hervé ! Osez, nom de Dieu ! On ne va pas vous manger.

Et les rires des gamins, leurs regards comme des épées. Murmures sataniques. La honte, à faire dans son froc en espérant que personne ne s'en aperçoive. Hervé pose sa main sur l'épaule de Pascal, il lui offre un sourire sincère et lui dit, d'homme à homme, de président à futur président :

— Je suis content pour toi. Morgane est super.

— Merci mon vieux, j'ai l'impression de rajeunir depuis qu'elle est dans ma vie. On s'emmerde quand on est seul.

Hervé finit sa clope et Pascal gobe un chewing-gum pour gommer son haleine embrumée de tabac. Ils retournent à la chaleur de la trattoria, à ce dîner joyeux qui chasse les monstres. Au moment de l'addition, un sursaut le saisit. Il pose sa main sur le papier.

— Non, c'est pour moi.

Et dans les yeux de Pascal, Hervé lit la considération. Il sait que sa femme le trouve poli, qu'il a eu l'élégance des seigneurs. Il décide même de laisser un pourboire, ce qu'il ne fait jamais normalement, parce qu'il se dit que les choses coûtent déjà bien assez cher. Mais ce soir, il laisse ces quelques pièces uniquement pour faire durer le respect, remettre les pendules à l'heure.

— C'est normal, dit-il à Pascal. Faut bien aider la jeunesse.

— Merci monsieur, ajoute le serveur tout en lui ouvrant la porte.

Hervé flotte sur son petit nuage à des milliers de kilomètres de cette terre pourrie à la racine, de ses tristesses familières. Dehors, Morgane caresse Billy avec affection.

— Qu'est-ce qu'il est mignon ! Et ce nœud papillon, non mais franchement c'est trop drôle. Hein poussin ? Tu voudrais pas qu'on prenne un chien nous aussi ?

— Oh, commence pas, répond Pascal. Tu as déjà un animal dont tu dois t'occuper.

Il imite un chien – avec brio il faut l'avouer – puis embrasse Morgane dans le cou, la faisant rire de nouveau. Hervé les imagine un instant en levrette. Les au revoir floutent l'image. Tout le monde s'embrasse, Morgane remercie encore Hervé et promet à Élisabeth de l'appeler pour un café. La joie a quitté la table elle aussi, pour les accompagner. Ils se quittent à l'italienne :

— Ciao ! dit Hervé en riant, lui qui n'a jamais été en Italie.

La lune éclaire les trottoirs. C'est un soir d'allégresse. Hervé pourrait faire toutes les folies. Leurs faims sont rassasiées et la soif étanchée. Un léger étourdissement donne au couple cette sensation d'avoir perdu dix ans.

— C'était une belle soirée, dit Élisabeth tandis qu'ils marchent vers leur immeuble. Merci de m'avoir gâtée.

Quand ils entrent dans la cour de l'immeuble endormie, Hervé attrape la main de sa femme et la fait tourner sur elle-même, rock'n'roll improvisé. Élisabeth sourit, pose la tête sur son épaule tandis qu'ils reproduisent les pas justement coordonnés de leur ouverture de bal comme s'ils avaient continué de répéter pendant toutes ces années. Billy les regarde danser, intrigué. La magie de cette soirée inoubliable est là, intacte. Leur synchronisation est parfaite, le temps s'efface au rythme de Little Richard. L'un contre l'autre enlacé, la musique dans leurs têtes, ils grattent encore, ils gagnent plus, Hervé la guide vers son pas de traversée tout en se dandinant d'un pied vers l'autre avec une fluidité extraordinaire. Élisabeth, jeune mariée dans sa robe blanche, fait un pas chassé puis tourne sous le bras de son danseur. Leurs corps glissent et se caressent, pivotent et se font face pour finir entre gigue et swing avec un porté final qui les fait éclater de rire lorsqu'ils se retrouvent par terre, ce qui n'était heureusement pas arrivé le jour de leur mariage. Il fait nuit à tous les étages, ils se sentent seuls au monde et prolongent ces minutes au sol dans la chaleur de l'été. Allongés côte à côte, ils s'autorisent le bonheur et la paix. Hervé pose sa tête contre celle d'Élisabeth. Il renonce à fumer une cigarette pour se dédier entièrement à la tendresse des étoiles.

17

Août.

Les jours sont chauds. Hervé cherche l'ombre, il rase les murs. Dans leur appartement, tout est moite, collant, ramolli. Les murs fondent peu à peu. Tout se rétrécit, mais Élisabeth ne se plaint pas. Elle aère en se levant, le matin à 7 heures, puis ferme les rideaux pour garder « le frais ». Armée de son vaporisateur, elle s'asperge comme une plante autosuffisante. Elle tente d'arroser mari et chien, mais les deux sont revêches. Billy passe sa journée à se traîner, langue pendue, haletant, bruyant. Il se déplace du salon à la chambre, de la cuisine à l'entrée, se laisse tomber de tout son long, sans élan.

Le mois d'août est un mois sacré, Élisabeth ne travaille pas. Aucun cours pour ses élèves, pas de suivi, pas de sms, et surtout aucune autre activité qui ne lui fasse pas vraiment plaisir. Elle en profite pour s'occuper d'elle. Se préparer un masque capillaire, avec du miel et du yaourt, se faire les ongles avec une maladresse touchante et toujours terminer sa séance avec un coton-tige imbibé de dissolvant pour réparer ses cafouillages. Aujourd'hui, elle opte pour un rouge corail, avec du punch, pour trancher avec sa peau si pâle. Hervé adore cette odeur de vernis qui se dissipe du flacon. Il aime l'odeur du dissolvant aussi, et puis sa crème pour les jambes lourdes au Ginkor, qu'elle s'étale en paquet sur les mollets. Il aime l'odeur de son savon de Marseille et celle de son stick pour les lèvres à la noix de coco. Élisabeth apporte de la délicatesse dans cet appartement basique. Elle lui ferait oublier quelques instants la toile cirée, la peinture esquintée, les souvenirs. Hervé est heureux quand elle passe plus de temps avec lui. Ils s'ennuient à deux et ça change tout.

Les pas des enfants se font insistants au-dessus de leurs têtes. Impossible d'écouter la télé. Ils courent, il roulent, ils tombent. Ça rit et puis ça crie.

Les ongles secs, Élisabeth fait les cent pas.

— Tu ne veux pas monter toi ? Tu lui dis que je fais la sieste !

Hervé refuse de la tête.

— C'est tes copains, vas-y toi ! Tu sauras leur dire gentiment, à tous les coups tu reviendras avec des madeleines.

Élisabeth soupire. Elle doute, elle n'ose pas. Elle se rassied, allume la télé. Film tout en pixels. Elle éteint.

— C'est pas possible, toujours à moi de tout gérer !

Hervé sourit tout en frottant sa barbe renaissante de la main droite.

— Moi ça va, je commence à m'habituer à ces cris. Tiens, revoilà les enfants qui courent, c'est adorable, tu as raison. On dirait une petite famille d'éléphants. Boum, boum ! Trop chou ! l'imite-t-il.

— Gros malin. J'y vais, souffle-t-elle en enfilant ses sandales.

Hervé savoure sa victoire. Enfin, elle le soutient, elle le rejoint. Ils forment une équipe de nouveau. Ces hypocrites, ces envahisseurs, cet ennemi indistinct, fourbe, mais ennemi quand même, ne les divisera pas. Hervé ne sait pas pourquoi ces pensées le traversent. Il n'a jamais tant haï les autres avant les Kobon. Peut-être un peu son père, un peu la bande d'enfants stupides qui l'humiliait quotidiennement. Un peu aussi la directrice de l'école quand elle le trouvait en pleurs, recroquevillé dans un couloir, et qu'elle lui disait tout bas, se croyant bienveillante :

— Prends un peu sur toi, d'accord ? T'es pas mort quand même !

Il a haï aussi le médecin de l'hôpital qui lui a dit que Paul n'avait pas passé la nuit. Sa blouse incolore, son ton mécanique, ses yeux déserts. Mais jamais son instinct ne l'avait tant mis en garde auparavant. Ce n'est pas à cause de leur couleur de peau, se défend-il face au regard inquisiteur de Billy. Jamais il n'a ressenti une once de racisme de toute sa petite vie, jamais. N'est-il pas copain avec Siméon, d'origine arménienne ? N'a-t-il pas ressenti une attirance certaine pour une femme noire lorsqu'il était adolescent ? Juliette, qui servait dans le bistrot où il traînait parfois avec ses copains quand il avait suffisamment économisé pour s'offrir un repas ? Juliette l'avait rendu fou, il avait cru lui plaire. Ses œillades, ses sourires, ses décolletés rien que pour lui, ses beaux yeux. Ses jambes fuselées, ses talons, ses longues mains fines saturées de bagues. Il la trouvait éblouissante. Jamais il ne l'avait avoué à Élisabeth. Au fond, il ne s'était rien passé. Il l'avait attendue un soir à la sortie du restaurant. Elle tenait son sac à deux mains, regardait ses ongles de pieds, bleus. Il avait déposé un baiser sur le coin de sa bouche, une façon de demander la permission. Elle lui avait dit non.

— Oh, Hervé, je suis désolée, je pensais que tu savais… Je vois quelqu'un depuis des mois. C'est du sérieux.

Elle l'a embrassé sur la joue, sans qu'il ne réponde rien. Il l'avait regardée partir, gênée, avec une démarche qu'il avait jugée libidineuse. Alors non, on ne peut certainement pas lui reprocher d'être raciste.

Plus de bruit à l'étage du dessus. Il se régale en imaginant la tête de Laurent face à son Élisabeth résolue. Lui qui la pensait acquise a dû déchanter. Ça doit faire mal de tomber de si haut, de son mètre quatre-vingt-dix. Il tressaille, mais quel idiot ! Il n'a pas trouvé mieux que de jeter sa femme dans la gueule du loup. Au lieu d'y aller lui, de s'assumer, les bras sur les hanches, un homme avec des couilles qui parle franchement, il s'est caché derrière Élisabeth. Il repense à la main sexuée de Laurent sur l'épaule de sa moitié. La gorge serrée, le dégoût en reflux, il guette la porte comme un chien.

Enfin, elle s'ouvre, Élisabeth retire ses chaussures, les envoie valser du bout du pied et va s'asseoir près d'Hervé.

— Alors ? demande-t-il, pour balayer ses doutes et oublier qu'elle sourit.

— Ils se sont excusés, pour le chien, la musique et le bruit des enfants. Ils ne se rendaient pas compte que ça nous dérangeait.

— Tu parles, ils t'ont baratinée. Toi, on te retourne comme une crêpe ! Tu vas voir, je leur donne deux heures avant de recommencer à brailler. Ils peuvent pas partir en vacances comme tout le monde ?

Gênée, Élisabeth reste silencieuse. Il sait qu'elle a quelque chose à annoncer. Et elle va le dire. Garder les choses pour elle, ce n'est pas son fort. Il la connaît par cœur, elle est sa plus belle chanson, celle qu'il fredonne les yeux fermés depuis trente ans. Elle prend une grande inspiration, lui tend son plus joli regard, celui qui plisse sur les côtés et elle balance :

— Ils nous ont invités à dîner.

18

Aziz sort les poubelles sous le cagnard. Il les lave ensuite dans la cour, à grande eau, s'essuyant de temps à autre à l'aide de son avant-bras. Aziz a coupé ses cheveux, il porte une casquette bleue et un short gris laissant apparaître ses jambes maigres aux poils bouclés. Hervé l'observe de sa fenêtre. D'autres, sûrement, le regardent aussi, planqués derrière leurs stores ou le renfoncement d'un mur. Hervé est seul, Billy est sorti avec sa maîtresse. Ils sont allés faire un tour, voir une amie qui adore les chiens. Le cabot doit être en train de finir une gamelle remplie de biscuits en forme d'os à l'heure qu'il est. Hervé est tout nu dans son fauteuil en skaï. Il se sent bien, malgré ses fesses qui suintent au contact du plastique. Il se sent tout-puissant. Il a les idées claires, personne pour lui dicter sa conduite, pour lui demander de s'habiller, de se laver, d'arrêter de boire. Là, une bière fraîche posée contre son ventre charnu, il se sent accompli. Aziz récure, lui ne fait rien. Aziz soupire, il a trop chaud, son dos le lance, lui va bien. Pas de bruit, pas de musique merdique, pas de joie démesurée, de vie abusive.

Une ombre déstabilise Hervé. C'est celle de Laurent qui se dessine sur le goudron bitumineux. Aziz s'illumine en le voyant. Ils se serrent la main et commencent à discuter.

— Copains comme cochons, grommelle Hervé en se redressant un peu pour mieux voir.

Laurent tourne la tête, il lève les yeux vers lui. Hervé sursaute. Oui, Laurent le regarde, il le voit là, tout nu dans son fauteuil en skaï collé à la fenêtre, sa bière au-dessus des couilles. Un signe de la main, un rictus d'amusement. Aziz va pour lever la tête à son tour, mais il n'y a personne.

Toujours nu, debout dans son salon, à l'abri des regards, Hervé tremble, gorgé d'embarras. Ce regard victorieux, bourré de jugement, ce salopard de vicelard s'est offert un cadeau inédit, l'image de son voisin bourru et bourré, à poil, en train d'épier le reste du monde. Hervé est pris d'un haut-le-cœur. Il se précipite vers les toilettes et vomit toute sa pudeur. Vingt-cinq centilitres de 1664, un beau gâchis.

19

La première fois qu'il a vu Élisabeth, c'était à une soirée de Nouvel An. Il avait été incrusté par un ami qu'il connaissait vaguement. La fête se tenait à Paris, dans le 15e arrondissement. Bel immeuble, sixième étage, terrasse plein sud et beaucoup trop de monde. Il avait honte de sa veste trop grande, de son manque de style, à côté des gens à l'aise, dans tous les sens du terme. Il s'était réfugié dans un coin de la pièce principale, à la croisée entre les fumeurs du balcon et les danseurs de salon. Il lorgnait sur une femme en plein rock acrobatique avec un de ces gars baraqués qui ne cessaient de sourire pendant toute sa session de danse. La fille portait une jupe plissée, longue et rouge, elle avait de jolis bras musclés, un crop top qui laissait apparaître son ventre aux abdominaux dessinés. La fille volait par moments, propulsée par les bras du gars trop souriant. C'était un peu de magie, au ralenti. Autour, le tabac, le petit punch dans un saladier vite sale, des gens pour s'embrasser, des mains aux fesses, des pétards consumés. La fille à la jupe rouge était déjà à califourchon sur le gars trop souriant. Il ne souriait plus, toute sa bouche était à elle, sa langue avec. Ils s'embrassaient avec impétuosité, sans faire attention aux autres, ni à la jolie fille assise à côté d'eux. C'est là qu'Hervé l'a vue. Son Élisabeth. Comme lui, elle observait le couple, un petit sourire en coin. Et puis, elle s'est levée en direction du balcon. Elle s'est fait une place entre les avinés, a sorti une cigarette de sa boîte métallique. Hervé la regardait de dos, un tiers d'elle lui était caché par une femme aux cheveux bouclés qui riait trop fort. Il avait un peu bu, il était déjà amoureux de ce dos nu, de ce jean 501, de ces boots imitation daim. Il l'avait pensée jolie, il la trouvait désormais sublime. Peut-être qu'elle n'était pas au goût de la majorité, pas dans la norme avec ses rondeurs, ses taches de rousseur. Ce qu'il a aimé tout de suite, ce sont ses cheveux roux. Il y avait de la sorcière injustement damnée en elle, une beauté confuse. Hervé s'est approché, l'air de rien, s'est frayé un chemin jusqu'à elle. Leurs regards se sont croisés. Ce genre de secondes où le destin bascule. Elle a dit sans sourire :

— T'en veux une ?

Hervé a hoché la tête. Elle lui a tendu une Marlboro, et puis un zippo, qu'elle a tenu entre ses mains pour lutter contre le vent.

— Merci, a dit Hervé.

Il n'était pas fumeur à ce moment-là, mais il a pris sur lui de le devenir. C'était le bon moment, le choix le plus judicieux. Devenir accro pour la juste cause. Il s'est tourné pour tousser puis s'est repris.

— Il est cool, ton briquet.

— C'est pas un briquet, c'est un zippo. Mais merci… Je l'ai trouvé dans une brocante, j'adore tout ce qui est vieux.

— Un jour, moi aussi je serai vieux.

Hervé n'avait pas prévu de dire ça. Il n'avait pas envisagé de tomber amoureux ce soir-là, et il était sûr de se faire rembarrer. Les sorcières et les fées, ce n'est pas pour les gens normaux comme lui. Mais elle lui a offert un de ces sourires qui freinent l'élan de la terre. Et elle a dit :

— Dans ce cas, ça vaut le coup de négocier.

La fille qui organisait la soirée est arrivée, tenant à peine sur ses guiboles. Elle a dit quelque chose dans l'oreille d'Élisabeth et l'a entraînée vers le salon pour danser. Hervé a fini, seul, sa cigarette qui n'avait subitement plus le même goût. Il a regardé le plus loin possible devant lui. Des immeubles, quelques arbres, et un bout de la dame de fer transperçant la brume légère. Quand il a fini sa clope, il a voulu faire comme les gens cool, ceux qui s'en débarrassent d'un claquement de doigts, mais elle lui est retombée sur le fute, et il a poussé un cri aigu. Un type l'a aidé, Hervé s'est épousseté en remerciant à voix basse. Ridicule. Il a fait demi-tour, pour regagner la porte d'entrée et rentrer chez lui avec son froc cramé. Il a lancé un regard pour voir où était son inconnue cuivrée, mais ne l'a pas trouvée. Une fois arrivé en bas de l'escalier, une voix l'a interpellé.

— Ben alors, tu ne dis pas au revoir ?

C'était elle.

— Si, au revoir.

Il aurait pu dire ça pour la provoquer, la déstabiliser et non pas par simple bêtise, par embarras. Il a bégayé.

— C'est pas ce que je veux dire…

— Je m'appelle Élisabeth, a-t-elle dit en souriant largement. Mais tu peux m'appeler Babeth, ou Beth, ou Bab.

Enfin globalement tu peux m'appeler comme tu veux, j'adore les surnoms.

— Hervé.

— Hervé, ajouta-t-elle en allumant une nouvelle cigarette, je crois qu'on va vivre un paquet de trucs toi et moi.

Il a voulu faire une blague sur le paquet de cigarettes, mais cette fois, il s'est retenu.

— J'espère bien, a-t-il ajouté simplement.

Ils ont marché jusqu'à son scooter rafistolé et puis il l'a ramenée chez elle. Le vent dans ses cheveux, son regard dans le rétroviseur fêlé. Ses mains sur son torse. Ils ne se sont plus jamais quittés.

19

Vanille se contorsionne de tout son long en crachant ses tripes. Ses aboiements résonnent dans la cour de la copropriété dépeuplée. Sa laisse en pied-de-poule le retient tant bien que mal. À son extrémité, Laurent tire fermement.

— Chut, Vanille, calme-toi !

Mais Vanille n'entend plus son maître. La seule vue d'un autre chien, ici Billy, petit bichon compact, le met hors-de-lui. Hervé siffle pour éviter un drame. Il attrape son chien, tout en regardant Laurent avec appréhension. Il espère avoir rêvé ce rictus, ce regard sournois, ne pas avoir été surpris l'autre jour en tenue d'Adam. Laurent ne dit rien, il ne sourit pas, retient simplement son chien. Les deux hommes se scrutent sans un mot. Vanille continue d'aboyer. Hervé fait demi-tour et rentre vite dans l'immeuble. La porte se referme sur la bête hurlante. De l'autre côté, à travers la vitre épaisse, Hervé regarde Laurent éclairé par la face visible de la lune. Sa silhouette sombre se découpe. Hervé voudrait que la nuit prenne toute la place, qu'elle engloutisse Laurent et son chien, que l'appartement du troisième soit toujours à vendre. Remonter le temps, faire un croche-patte à l'agent immobilier, les voir en marche arrière disparaître dans le passé.

Élisabeth s'est assoupie dans le grand fauteuil. On dirait la *Femme endormie* de Bonnard. Elle tient sa tête contre sa main, son chemisier trop grand laisse entrevoir ses clavicules. Ses jambes sont repliées sous son corps. Hervé la regarde longtemps. Ses mains ont vieilli, mais il voit toujours la jeune femme de leur première fois. Combien de jours à deux, combien de larmes ? Il sait bien qu'elle a pensé à le quitter. Il n'a rien dit. Il ne dira jamais rien, il se l'est promis. À quoi bon ? Il sait qu'il y a eu quelqu'un d'autre mais ne s'est pas offert le luxe d'une crise de jalousie. Élisabeth, c'est la femme de sa vie, sa bouée de sauvetage. Sans elle, plus d'oxygène, plus de fleurs, rien que l'ennui d'une tombe. Il la regarde dormir paisiblement, comme si elle avait tout oublié. Alzheimer soudain, salvateur. Il aimerait tant l'attraper, cette maudite maladie. S'il pouvait effacer sa peine, son horreur, le manque. Même s'il fallait oublier le prénom de Paul. Son rire, ses dessins, ses petits doigts, ses bobos peu à peu dissipés. Un grand coup d'éponge sur le passé. Ne resterait que son infirmière rousse dans son grand chemisier, une 1664 et une cigarette roulée. Toutes ses addictions sur un plateau. L'autre… Il voudrait ne pas y repenser. Ça le reprend comme ça, de temps en temps, comme son mal aux genoux. Paul était mort depuis déjà trop longtemps. Il voyait qu'elle n'était plus toute à lui, mais avec le deuil, ils s'étaient forcément éloignés. Elle lui échappait autrement, ajoutait du rose sur ses joues blanches. Plus de robes, de pois, de parfum. Plus de rendez-vous, de retards, de « ne m'attends pas », de « pas ce soir », de dos tournés, de tendresse en trop, une tendresse coupable. Il a eu peur de vérifier, il s'est dit qu'il pourrait en crever, ce serait la souffrance de trop, la sortie de route, l'extinction de son espèce. Il a repensé à la photo de son père, à la poubelle, au jour de leur mariage, à la naissance de Paul. Il a revu tous ces instants où il croyait être à l'abri du malheur, protégé de lui-même. C'était un lundi. Elle devait ressortir pour voir une amie. Un truc de dernière minute, la copine qui va mal, rien à faire pour annuler. Il a dit :

— D'accord, à plus tard.

Il l'a laissée partir devant, a simulé une grosse fatigue, prévu de regarder un film. Il l'a prise en filature, sa femme adorée, sa femme chérie, sa petite menteuse qui ne savait pas mentir. Il l'a suivie à travers les rues. Comme un fou. Il la regardait avancer, les mains dans les poches, agité par les palpitations et l'appréhension. Jusqu'à ce coin inattendu, la jonction entre deux rues, là où sa soit-disant copine, « l'autre » l'attendait. Un homme aux cheveux grisonnants, courts, beaucoup plus fin que lui. Hervé a pensé à lui foutre son poing dans la gueule, la face à l'envers, lui faire oublier ses rêves d'amant à la con. Le cœur serré, il a continué d'avancer jusqu'au square. Ils sont restés un long moment sur un banc, à discuter côte à côte. Dans une robe à fleurs en jersey, celle qu'il lui avait offerte pour son anniversaire, son Élisabeth réconfortant un autre. Hervé aurait aimé avoir un paquet de bonbons, se faire une dose de sucre en assistant à l'effondrement de sa vie amoureuse. Il aurait voulu aller jusqu'au bout de ce secret, leur secret à tous les trois : les voir dans un lit, le lit de l'amant, voir son chez-lui, ses enfants peut-être, sa femme qui ne le suçait probablement plus assez. Il a pensé à la décoration de son intérieur, à sa penderie, à sa voiture. Il a regardé ses chaussures : des derbys. Il a imaginé ce type totalement à poil, seulement chaussé de ses putains de derbys, en train d'enfiler sa femme comme un jockey. Il a repensé au maire avec son bandeau tricolore et à Élisabeth, confiante : « Oui, je le veux. »

Il les a laissés repartir, médusé par sa propre lâcheté, son incapacité à agir. Tous ces petits cons de la cour de récré lui crachaient encore à la gueule. Le cul de sa femme dans les mains d'un autre, ses hanches sous les baisers d'un anonyme. Il a attendu qu'ils soient hors de sa vue pour se fissurer. Il s'est installé dans le premier bar et a noyé sa peine jusqu'à ce qu'on lui demande de partir.

Élisabeth est rentrée tard. Il a fait semblant de dormir, couché sur le côté. Il l'a entendue enfiler sa chemise de nuit et se glisser sous la couette. Pas un geste pour lui, pas une caresse, rien. La nuit entre eux. Il a pensé à se relever, s'asseoir sur le lit, allumer la lampe de chevet. La secouer, lui dire :

— Je sais tout. Prends tes affaires va, allez casse-toi, va les retrouver tes derbys. Dégage, je te dis !

En fait, elle était encore là, près de lui. Elle ne l'aimait peut-être plus, mais elle l'avait pour le moment choisi, lui. Lui. Pas l'autre. Elle n'avait pas fait sa valise, pas décampé. Il avait confiance en elle, la lassitude de cette histoire interdite finirait par s'immiscer dans leur lit adultère. Son Élisabeth finirait par lui revenir.

Là, sur son fauteuil, elle dort, le souffle long, les cheveux décoiffés, il contemple son tableau, celui qu'il ne saura jamais peindre. Il voudrait lui dire qu'il a menti aussi, qu'il peut être meilleur, il voudrait arracher sa chair, ses écailles, commencer par les jambes, remonter jusqu'au sommet de son crâne. Comme un serpent, muer. Avoir du cran, être drôle, imprévisible, spontané. La réveiller, là, tout de suite, l'emmener au bout du monde, lui dire qu'elle est la plus belle femme au monde, lui dire qu'il pense à leur bonhomme tous les jours, toutes les heures, qu'il aurait préféré prendre sa place dans ce cercueil minuscule. Mais comme toujours, les mots restent au fond. Il se dit que bientôt, ils seront en Bretagne, que le bruit des vagues écumera le passé. Tout doucement, sans un bruit, à ses pieds, il s'endort à son tour.

20

Il aurait pu la tuer, plutôt que d'être assis là, dans ce salon neuf où tout sent l'ambition et l'ego. Mal à l'aise dans sa chemisette ample, quadrillée comme son âme, il cherche une contenance en attrapant des pistaches à intervalles réguliers. Il se demande si Laurent va faire une réflexion sur le jour où il l'a vu à la fenêtre, il a peur d'une plaisanterie mal placée. Panya fait des allers-retours entre le salon et la cuisine américaine. Elle porte une combinaison blanche, avec des bretelles et deux boutons bruns. Elle n'a pas de chaussures. Hervé regarde ses pieds fins, sans vernis, osseux. Il aimerait mettre la vie sur pause et élancer sa main jusqu'à eux, pour les toucher, les goûter, les comprendre mieux. Il aimerait les chausser, les déchausser, les rechausser, comme la poupée qu'on ne lui aura jamais offerte à noël.

Laurent est assis dans le canapé d'angle. Il porte une chemise en jean, ouverte sur un tee-shirt blanc. Un pantalon beige et des mocassins en toile. La table basse est en bois brut recyclé et il ne manque pas de s'en vanter. Dessus, du champagne, des tomates cerises, quelques crudités, des pistaches, noix et myrtilles. Élisabeth s'est maquillée, elle a mis du rose sur ses joues et même du rouge à lèvres. Elle a troqué ses baskets pour des ballerines beiges. Un peu mal à l'aise, elle passe ses doigts le long du chemisier lavande qu'elle a trouvé à la braderie d'avril, l'étirant pour couvrir sa jupe un peu courte. Elle boit son champagne, droite et rigide avec un raffinement digne de la bourgeoisie anglaise dans les années 1940. Elle en fait trop. Hervé pas assez. En voyant passer les enfants, Laurent les interpelle.

— Venez dire bonjour, les coquins.

Les enfants se plantent entre leurs deux parents, face à Hervé et Élisabeth. Leurs regards ne se posent pas vraiment, le temps d'une seconde qui suffit à justifier l'inutilité de rester là. Ils sourient pourtant, polis.

— Bonsoir, monsieur. Bonsoir, madame, disent les plus grands.

La cadette tire la langue. Hervé la regarde soudain. C'est une petite mignonne, les cheveux courts et noirs, les yeux foncés. Une cicatrice strie son sourcil droit. Elle fait l'idiote, se dandine, amuse son père. Elle est en pyjama. C'est un pyjama rouge et blanc, en coton. Elle a des chaussons bleus, avec des lions dessus. Panya l'embrasse tendrement. Cet amour-là est indiscutable, un baiser et tout est dit. Comme il aurait aimé que sa mère à lui l'embrasse ainsi, juste une fois. Laurent se met à rire :

— Jeanne est un clown, on ne s'ennuie pas avec elle. Jeannette, tu veux réciter ta poésie aux voisins ?

Jeanne fait non de la tête. Ses parents la poussent un peu. Elle finit par se planter face à eux, droite comme un I, et se met à réciter :

— Ce matin j'ai mangé de la colère à la petite cuillère. J'ai mis plein de mauvaise humeur sur ma tartine au beurre. Toute la journée je l'ai passée à grogner…

La petite met des *z* à la place des *s*, des *ch* à la place des *j*. Flattée d'être écoutée, elle répète ce qu'on lui a appris comme une otarie bien dressée. Ses parents la regardent avec fierté. Panya tient un plat avec des chips au cheddar fondu. Elle a oublié de le poser et regarde sa Jeanne avec un sourire comblé. Élisabeth s'exclame :

— Bravo, championne !

Les larmes ruissellent à l'intérieur de sa gorge, et personne ne sait, personne n'a mal comme eux à cet instant. Ce n'est pas Jeanne qu'elle applaudit, c'est Paul qui danse dans l'ombre, derrière le canapé. C'est Paul qui fait ses galipettes et ses roulades, qui grimace et qui chante. Hervé aurait tant aimé lui apprendre des poésies, même s'il n'en connaît aucune. Rien ne lui est resté de ses années d'écolier complexé.

Arthur et Pierre-Louis prennent le relais. Ils ont sorti l'artillerie lourde, trompette et saxophone. Ils se mettent à jouer ensemble pendant que Jeanne danse et se roule par terre. Élisabeth tape du pied en rythme, Hervé s'ennuie. Il déteste les prénoms composés et les enfants du cirque. Il déteste le contentement silencieux dans les yeux de Laurent et de Panya, l'ovation attendue, cette musique qui lui fout la migraine. Il déteste ce champagne, et ces bulles hors de prix qui n'en font pas oublier le goût de pisse. Toute cette mascarade sous le toit de Marie-Claire Hussard qui avait la décence de vivre dans la retenue. On dirait un autre appartement. C'est un autre appartement. Les ouvriers ont fait du bon travail, table rase sur l'existence de Marie-Claire. Tout a été poncé, repeint, déplacé, remplacé. Élisabeth les félicite pour la décoration, ce bleu canard dans l'entrée, les soubassements, l'encadrement des portes peints en blanc, et puis les portemanteaux taille enfants dans l'entrée, le piano vintage du salon.

— J'adore tout ce qui est vintage.

Elle adore le papier peint « libellules » dans le couloir, et les chambres des petits sont ravissantes, chacune dans son style.

— Ça fait drôle ! Ici c'était la cuisine de Marie-Claire, et là son petit bureau. Vous avez bien optimisé. Vous travaillez dans la décoration ?

Panya s'est enfin assise. Elle s'est penchée vers Élisabeth, ses pieds toujours nus, hissés sur les orteils.

— Non mais j'adore ça. Je travaille pour une société de cosmétiques, en marketing. C'est une marque de crèmes hydratantes, le caviar de l'hydratation !

— Élisabeth ne met jamais de crèmes, elle se badigeonne d'huile d'olive… Et le caviar, elle n'en a jamais mangé.

Laurent et Panya regardent Hervé avec un sourire. Ils lui savent gré d'avoir enfin accepté de participer à la discussion. Panya bondit.

— Attendez, j'en ai une pour vous !

Panya part en courant vers sa chambre et revient avec un pot de crème au design épuré. Il est écrit « Crème éclatante anti-âge ». Un pot blanc, avec une écriture en lettres dorées qu'elle tend à Élisabeth.

— Vous m'en direz des nouvelles.

Élisabeth regarde le pot entre ses mains. Elle s'en fout des crèmes, des cosmétiques, même des fringues. L'important pour elle n'est pas là. Ce pot a pourtant quelque chose d'occulte, une sorte d'élégance, un passe pour un monde qui ne sera jamais le sien.

— Merci Panya, c'est adorable. J'essayerai. On se tutoie, non ?

— Oui, bien sûr ! s'exclame l'hôtesse des lieux.

Le temps s'allonge, Hervé a fini les pistaches et les chips au cheddar. Son verre est vide. Il a bu la moitié de la bouteille. Laurent propose d'en ouvrir une deuxième. Hervé répond :

— Si vous voulez.

— Oh ben non, tu ! le reprend Laurent tout en attrapant un autre flacon.

— Si tu veux alors, lance Hervé en haussant les épaules.

Le bouchon claque. L'ambiance se détend. Hervé, poussé par sa femme, raconte ses quarante ans de pneus, l'évolution du produit, le tubeless, le pneu à clous. Il reprend des couleurs, de l'oxygène, il s'écoute parler avec satisfaction. Le pneu, c'est son domaine de prédilection. Laurent lui propose de lui montrer sa voiture, peut-être qu'Hervé pourra le conseiller sur de meilleurs pneus ? Hervé hoche la tête, un peu ému d'être considéré comme un expert. Il commence à le trouver sympathique. Mais la discussion se détourne de lui pour se concentrer sur la voiture de Laurent. Un nouveau modèle hybride, qui dort sur la place de parking qu'ils ont louée à la voisine du bâtiment d'à côté. Laurent lui envoie sa jeunesse au visage. Il l'éclabousse de son champagne. Il n'en a plus que pour l'hybride, pour le futur, et même l'écologie. Hervé songe à lui crever ses pneus avec un clou.

Quand Élisabeth raconte le ticket gagnant, leur prochain week-end en Bretagne, il est déçu de ne voir qu'une pathétique hypocrisie dans leur réponse inexpressive. Panya dit qu'ils ne connaissent pas bien la Bretagne, qu'ils préfèrent le Sud. Hervé pense que c'est complètement con de préférer une destination à un endroit qu'on ne connaît pas, puisqu'on ne peut pas les comparer. Il pense que si elle venait avec lui dans l'hôtel qu'ils ont choisi avec Élisabeth, elle changerait peut-être d'avis. Il s'imagine partager un petit-déjeuner avec elle, nue sous son peignoir brodé, ses mêmes pieds nus sur le lit immaculé. Il s'en veut de penser ces choses-là, se pardonne en se disant que c'est comme un rêve, que tout le monde rêve, que c'est naturel et que ça n'enlève rien à l'amour qu'il a pour sa femme.

Vanille fait le tour de la table à la recherche d'un bout de gras. Il passe entre les jambes de ses maîtres puis monte sur le canapé à côté d'Hervé, s'assied à son niveau, la truffe haute. Lui aussi est plein de dédain. Hervé observe le chien, mal à l'aise, sans oser bouger. L'animal le renifle, comme pour le sonder, comme s'il lisait en lui, qu'il connaissait ses arrière-pensées, prêt à mordre. Son souffle chaud, trop proche, l'odeur de sa peau moite et humide, entêtante. Le filet de bave, répugnant, qui s'échappe de sa gueule et coule sur le canapé. Bouillon de onze heures. Laurent siffle, fait descendre le chien. Il lui parle comme à un bébé, lui jette « la baballe », lui dit « coucher panier ». Hervé soupire au-dedans. Qu'est-ce qu'il fout là ?

Il demande où sont les toilettes, se relève difficilement du canapé piégeur, ses genoux craquent de concert. Il se dirige au fond du couloir. Deux mètres carrés aussi élégants que le reste de l'appartement. Hervé baisse son pantalon et urine en regardant les livres rangés harmonieusement sur les deux étagères fixées au mur. Des albums de Tintin, tout un tas de bandes dessinées colorées, des livres de cuisine vegan, sans gluten, à l'italienne, façon méditerranéenne. Hervé pisse à côté. Il s'en fout. Bien fait. Il regarde l'affiche, réplique du tableau de Basquiat : *Boy and dog in a Johnnypump*. Hervé ne sait pas qui a peint cette merde. Il reste hypnotisé par les couleurs, les formes noires de l'homme et de son chien. Féroces. Un vrai autoportrait du propriétaire et de son clebs, pense-t-il. Le rouge, on dirait du sang. Du sang partout. Il met son doigt dessus, mais rien, c'est sec, bien sûr. Autour du cadre, coincées dans les coins, des photos de famille. Photomatons en noir et blanc de Panya et ses enfants, qui tirent la langue et embrassent leur mère en riant. Panya, rit aussi, un peu floue. Sur une photo de vacances, elle enlace Laurent, tous deux en maillots de bain. Il se penche pour regarder le détail de ses traits à elle, son expression, son grain de beauté sur l'épaule, la bretelle violette de son maillot, ses seins et ses tétons qui pointent, sans doute à cause du froid de la mer. Il tire la chasse d'eau, remonte sa braguette sans s'essuyer. Une pile de serviettes en coton blanc, pliées dans un petit panier. Il se lave les mains avec le savon liquide « Sweet Amber », s'essuie ensuite avec une des serviettes, voudrait se branler dedans. Se marre à cette idée. Jette le linge dans le panier posé au sol, sous l'évier, avance vers la porte, se fige, revient sur ses pas. Il attrape la photo, la cache dans sa poche.

En sortant, il jette un regard vers leur chambre. Grand lit, peinture blanche, miroir vertical plein de dorures, photos et masques africains en bois sculpté. Les voix au bout du couloir le rappellent à l'ordre. Il retourne vers le salon, la porte de la chambre de Jeanne est fermée, celle des plus grands entrouverte. Ils jouent aux jeux vidéo. Hervé se rassoit sans qu'on lui prête attention.

Laurent raconte qu'il travaille dans une banque à Paris, il a toujours rêvé d'être banquier. Panya et lui se sont rencontrés à Nice, ils sont tous les deux nés en Côte d'Ivoire. Ils ne sont pas mariés mais ils y pensent pour l'année prochaine. Ils aimeraient un petit mariage avec leurs proches et la famille, louer un bout de champ dans la nature, mettre des tables, des lampions, de la musique. Les enfants joueraient de la trompette et du saxophone. Hervé imagine Panya dans sa robe de mariée. Il se la figure en dentelles et mousseline, dénudée sur une épaule et dans le dos. Il l'imagine avec une longue tresse et des fleurs piquées dans les cheveux. Il la voit en tenue d'Ève, intégralement épilée, ses tétons dressés comme sur la photo, dansant juste pour lui, buvant du champagne au goulot, sa langue pétillante comme un Frizzy Pazzy.

Élisabeth l'interpelle. Il est l'heure d'y aller. Déjà minuit. Hervé se lève mollement, il remercie ses hôtes, jette un dernier regard à ce salon dans lequel il aurait aimé dormir. Panya leur fait la bise, elle l'embrasse sur les joues, il a peur de la piquer avec sa barbe drue, voudrait qu'elle dérape, qu'elle l'embrasse sur les lèvres. Élisabeth embrasse Laurent. Hervé lui tend la main. Le chien les suit jusqu'à la porte, le regard mauvais. Hervé et Élisabeth sortent, la porte se referme sur eux. Ils entendent des rires. Est-ce qu'ils se moquent ? Leur rire est-il méchant ? Ils descendent à pied l'étage qui les séparent. Hervé se tient à la rambarde. Élisabeth se tourne vers lui tout en descendant.

— C'était sympa ! On pourra les inviter la prochaine fois.

Hervé les voit dans leur salon jauni. Panya et ses pieds nus sur son lino vétuste, collant par endroits. Il imagine Laurent déguster sa sangria blanche, se resservir de son pâté préféré. Il sait que Laurent les jugera, qu'il se sentira supérieur, qu'il imaginera creuser un escalier dans le plafond, faire une salle de jeux pour ses enfants dans la chambre de Paul, une salle de douche à l'italienne dans leur cuisine.

Alors qu'il se déshabille, assis de son côté du lit, le gauche, le même depuis trente ans, Élisabeth se penche vers lui.

— Tu vas bien ?

Hervé sort de ses pensées pour la regarder, ses cheveux blancs teints dans un roux qui ressemble vaguement à sa couleur originale.

— Très bien, j'ai passé une bonne soirée. Ils sont sympas et les enfants sont mignons.

Il sait que ça fait plaisir à Élisabeth ; il ne le pense pas vraiment. Dans sa poche, son trésor, la photo de vacances des Kobon. Il n'en revient pas d'avoir eu le culot de la prendre. Et s'ils s'en rendent compte ? Non… Ils ne peuvent pas faire le lien, ils l'imagineront perdue, accuseront les enfants. Excité comme un adolescent qui vient de piquer le *Playboy* de son père, il attend qu'Élisabeth disparaisse dans la salle de bains pour sortir son trophée. Hervé déplie la photo, caresse le visage de Panya. Le regard de Laurent le trouble. Il le déchire tout doucement pour qu'il ne reste qu'elle.

— Voilà, dit-il tout bas avec satisfaction.

Il remet la photo de Panya dans sa poche avant de découper en petits morceaux le visage et le corps de Laurent. Il les jette à la poubelle, comme il l'a fait avec son père. Même soulagement. Coupé, le lien de souffrance. Il prend soin de bien enterrer les confettis de Laurent sous les déchets ménagers. Le cœur léger, il retourne dans la chambre, se déshabille, plie méticuleusement son beau pantalon, puis se glisse en caleçon et chemisette sous les draps, à côté de sa femme.

21

— 190 balles !! Tu te rends compte ?

Élisabeth tient le pot de crème entre ses mains et le tend à Hervé, attablé devant son petit-déjeuner. Billy quant à lui la regarde, interdit.

— Je suis allée chez Sephora, ils vendent la crème de Panya, et c'est 190 euros le pot de 100 millilitres. Tu te rends compte ?! répète-t-elle. Et devine combien pour la lotion défatigante pour les yeux, aux perles d'Hawaï ? Dis un prix !

— 200 ?

— 478 ! Quatre cent soixante-dix-huit euros, articule-t-elle avec soin.

Hervé manque de s'étouffer avec son omelette.

— Arrête. Qui achète une crème à ce prix ?

— Je sais, répond-elle amusée, mais je m'en veux de l'avoir entamée, j'aurais pu la revendre au moins à cent… Regarde, deux jours que je la mets tous les matins, tu vois une différence ? Je suis dé-fatiguée ? Tu me trouves plus jeune ?

Hervé sourit.

— Qu'est-ce que t'en penses, Billy ? On la reconnaît plus, la petite. T'as quel âge, poupée ? Trente ? Trente-cinq ?

Élisabeth s'assied sur le coin de la table, minaude.

— Pas du tout, j'ai soixante ans, je sais, je ne les fais pas. Et vous verriez mon cul ! Une peau de pêche.

— 190 euros franchement ! Et elle te donne le pot comme ça, elle doit en avoir plein. C'est pas très délicat, quand même. Ils savent qu'on est fauchés, qu'on galère avec tes cours et ma retraite, et ils viennent nous balancer leur luxe, c'est à gerber.

Élisabeth perd son sourire.

— Arrête tes conneries. T'es jaloux ou quoi ?

Hervé rit jaune.

— Jaloux de quoi ?

Elle se relève et attrape la laisse au fond du tiroir du meuble de l'entrée.

— Tu me fatigues. Allez viens Billy, on va faire un tour.

Le chien s'exécute sans broncher, renonçant à l'idée de terminer le petit-déjeuner d'Hervé. Peu d'espoir de toute façon avec ce gros lard.

Hervé regarde ses ongles de pieds, déjà trop longs. Des griffes. Le carrelage en damier de la cuisine couvert de miettes. Il n'a pas envie d'aller voir Élisabeth par la fenêtre. Jaloux ? Jaloux, lui ! Avec tout ce qu'il sait, ce qu'il a vu, il se trouve plutôt complaisant. Il attrape son paquet de feuilles, son tabac, commence à rouler. Il l'allume là, sa cigarette, au milieu de la cuisine. Rien à demander à personne, et tant pis si Élisabeth remarque l'odeur, qu'elle lui passe un savon. Après tout il est aussi chez lui, pas de permission à demander, d'excuse à professer.

Laurent, lui, personne ne l'emmerde. La Panya comme tous les autres l'ont mis sur un piédestal. Sa voiture hybride à la con, ses mocassins, ses chemises à col mao. Hervé s'en veut de repenser à son voisin, mais avec ce pot de crème grotesque au beau milieu de la table, il ne peut pas s'en empêcher. Il l'attrape de la main droite, met sa clope dans sa bouche, la tient entre ses lèvres. De la main gauche, il fait coulisser le couvercle, ouvre le pot avec précaution. Il fourre son index et son majeur dans la crème onctueuse et blanche, la renifle d'abord puis se l'étale sur les joues, en reprend, se regarde dans la glace, explose de rire. Transe délicieuse à 190 euros le pot. Ses doigts replongent et se noient au fond, il y glisse jusqu'à la langue, la goûte et la recrache, la mange finalement : avaler le luxe des Kobon pour le chier plus tard, orgasmique.

Il allume la radio, tourne le volume au maximum. Alain Souchon se met à chanter si fort que même les voisins auraient le droit de venir gueuler, tambouriner à la porte, appeler les flics. Hervé danse sur la pointe des pieds. Ça fait longtemps, si longtemps. Il danse, sa crème sur le visage, le pot ouvert sur la table. Personne pour le voir, les rideaux fermés. Pas de soleil, plus de jeunesse, et alors ? Il tourne sur lui même, il s'en fout. Il danse au milieu des fantômes et des souvenirs.

Foule sentimentale, on a soif d'idéal,
attirés par les étoiles, les voiles,
que des choses pas commerciales.
Foule sentimentale,
il faut voir comme on nous parle !
Comme on nous parle…
Il se dégage de ces cartons d'emballage

des gens lavés, hors d'usage,
et tristes et sans aucun avantage.
On nous inflige des désirs qui nous affligent…

Hervé danse avec sa mère, la fait tournoyer dans les airs, elle rit aux éclats, elle qui ne riait jamais. Les odieux, les fumiers ne sont pas là pour se moquer de lui. Il est heureux, tire sur sa cigarette, fait des pas chassés dans les formes de sa fumée. Est-ce qu'il est devenu fou ? Est-ce qu'il est en train de virer gâteux ? La joie et la folie peuvent aller de pair au fond, à quoi bon se poser la question, mettre une étiquette sur les bocaux et les fronts. Il voudrait que cette chanson ne finisse jamais.

Quand Élisabeth rentre, l'appartement est silencieux. Le pot de crème est sur la table, là où elle l'avait laissé. Une odeur de Febreze et d'oignons. Hervé a mis son tablier, le vert et blanc. Il la regarde en souriant, une casserole entre les mains.

— Je me suis dit que j'allais cuisiner. Au menu, spaghettis à la bolo !

Élisabeth est soulagée.

— Génial, je meurs de faim.

Son téléphone sonne, elle se détourne, fouille dans son sac, comme toujours, finit par trouver l'objet.

— Merde, c'est un élève. Oh, j'ai la flemme…

Elle répond.

— Oui, Mathias ? Oui. Très bien, le 28 si tu veux ? Attends, je regarde.

Hervé l'observe tout en remuant sa sauce. Elle tourne les pages de son agenda, écrit quelque chose, rature autre chose.

Son écriture est illisible, ça la complexe, elle a raconté à Hervé un jour qu'elle aurait aimé avoir une belle calligraphie avec des lettres bien rondes qui « se donnent la main ». Hervé se demande si elle est heureuse. Quels sont ses regrets ? Pense-t-elle à l'autre ? Ils avaient envisagé de refaire un enfant. Ils avaient imaginé une petite fille, une fillette pour leur faire oublier Paul et sa façon de courir dans la cour à toute berzingue. Un enfant à qui ils auraient confié leur chagrin sans trop le faire peser. Un enfant pour rattraper l'autre, pour réparer les blessures, un enfant à aimer plus encore, un enfant à couvrir de cadeaux, de baisers, de paillettes. Un enfant pour remettre des ballons, des vêtements colorés, des legos et des billes dans le salon. Après un an, Élisabeth n'est pas retombée enceinte. Le médecin lui a proposé un traitement pour faciliter les choses, pour se donner une chance. Quelle chance, a demandé Élisabeth entre ses larmes à la sortie du cabinet. Quelle chance ? Ma chance est passée.

— Tu vois bien, mon corps ne veut pas. Ou bien c'est le tien. Je peux pas, j'ai trop mal. C'était lui, ce sera personne d'autre.

Elle le sentait dans ses os, dans sa chair. C'était lui et c'est tout, ce sera lui jusqu'au bout, chaque jour, chaque minute, chaque seconde, ce sera lui, dans chacune de ses cellules, dans son sang, son oxygène, ses pensées, ses nuits, ses cauchemars et ses jours, ses lubies, ses espoirs, ses éclats de rire, ses larmes, ses apnées, ses angoisses, ses nausées, ce sera lui et personne, jamais, personne d'autre. Que pouvait répondre Hervé à ça ? Il a pleuré aussi. Il a pensé *C'est ma faute, c'est mon corps à moi qui refuse, qui ne veut pas, qui ne peut pas. Paul, c'était un miracle.* Ils se sont serrés fort l'un contre l'autre pour unir leurs peines, pour qu'elles s'embrassent, qu'elles soient plus légères, qu'elles faiblissent un peu.

Il n'y a jamais eu de petite fille.

La viande hachée se noie doucement dans l'huile et le jus de tomate, Hervé suffoque, il manque d'amour. Il voudrait le dire à sa femme, hurler :

— Je t'en supplie, parle-moi, dis quelque chose !

Les années passent et les mots meurent, c'est comme ça. Élisabeth ne dit plus rien. Elle commente les nuages menaçants, lit ses magazines de fleurs, regarde grandir sa coriandre sur le plan de travail de la cuisine. Il l'aime se balançant dans son fauteuil, même si elle garde ses godasses, il aime l'entendre chantonner, même si c'est faux. Il aime son illogisme, ses fautes de français parfois, sa façon juste de voir le monde, son instinct sur les choses. Il aimerait tant être comme elle, se dit-il encore, être à la hauteur juste de ses genoux, ses genoux ronds, lui donner raison de l'avoir choisi, lui, lui et pas l'autre. Il aimerait se jeter à ses pieds, lui demander pardon, pardon de lui avoir donné un fils parti trop tôt et trop vite. Pardon d'être jaloux et lâche, d'être con, minable, pauvre et raté. Pardon d'être vieux, pardon d'être fou bientôt, pardon d'être sale parfois, d'être flemmard souvent. Pardon de l'aimer trop, à l'étouffer, elle, la plante grimpante qui cherche le soleil, la lumière, la vie quand il s'entortille autour d'elle pour vivre un peu en même temps, par procuration.

La cuisson terminée, il bascule pâtes et sauce dans un grand saladier chiné par Élisabeth sur Le Bon Coin. C'est un saladier en céramique, avec un tas de motifs multicolores, des oiseaux, des fleurs et des feuilles de palmier. Il l'appelle :

— À table !

Billy accourt, toujours le premier, le gentil fayot, le gourmand à poils blancs. Élisabeth se lève, pose son magazine. Billy l'observe approcher, il envie son point de vue plongeant sur la casserole. Il ne peut rien faire si ce n'est humer la bolognaise avec ses oignons confits marinés dans la coriandre et le piment d'Espelette. Une patte sur la cuisse du maître et il obtiendra quelques restes. Il ferme les yeux et prend sur lui de patienter, toutes babines dehors.

— Trop bon ! dit la sexagénaire en avalant une bouchée. Tu me passes le gruyère ?

Hervé lui tend le sachet mais ne le relâche pas. Il pense : *Est-ce que tu m'aimes encore ?* Les mots restent figés, il fait mine de faire une blague, le tend et le reprend. Elle simule un rire. Et puis il dit :

— Je ferais tout pour toi, tu sais ? Tout ce que tu voudras.

Élisabeth le regarde au fond des yeux. Elle le sonde, ne sait pas quoi penser.

— Qu'est-ce que tu veux dire ?

— Rien, enfin ça, quoi. Que tu sois contente.

Élisabeth pose sa fourchette, se lève, enlace Hervé.

— Chéri, tu m'inquiètes. T'es sûr que ça va ? dit-elle en attrapant sa lourde tête entre ses petites mains. Hervé ?

Il ne répond pas, il se laisse aller contre elle, elle l'embrasse doucement.

— Je t'ai piqué ta crème.

Elle sourit,

— Je sais. Tu fais plus jeune.

22

Septembre.

Les vacanciers sont rentrés, les Kobon avec eux, amplifiant la rumeur de la ville et des étages. Élisabeth a dit que c'était le moment idéal pour décamper. Ils ont laissé Billy à Siméon, qui a promis d'envoyer des photos et d'en prendre soin. Dans le train pour Vannes, Hervé se souvient des colonies de vacances où il passait l'été. Ce sentiment de liberté dans un train en mouvement, hélas rapidement suivi par l'oppression et la certitude de l'emprisonnement, au milieu d'une armée de sales gosses aux pires élans. Élisabeth a préparé des sandwichs avec du jambon et de l'emmental. Elle y a ajouté un cornichon découpé en fines lamelles. En dessert quelques pommes, qu'elle pèle pour son mari avec affection. Autour d'eux, une famille joue aux cartes, une mère tente d'endormir son bébé qui hurle, le visage rougi par l'insatisfaction. Il y a beaucoup d'humains hybrides, happés par leurs écrans, isolés du reste du monde et de la réalité grâce à leurs écouteurs dernière génération.

Ensuite, ils ont pris un taxi jusqu'à l'hôtel. Hervé se frotte les yeux sans réaliser son geste, mais en voyant le domaine surplombant la mer, il a presque le vertige. Plusieurs bâtiments de pierres jouxtent une piscine dont le bleu répond à celui du ciel comme un miroir. L'horizon se déploie face à eux avec une telle intensité qu'il attrape la main de sa femme pour se donner de l'aplomb. Un homme les invite à découvrir leur chambre. Élisabeth et Hervé le suivent en faisant des grimaces, singeant le port royal de l'homme en costume qui parle avec tout un tas de manières. La chambre est à la hauteur de tout le reste. L'homme est reparti et le couple peut laisser exploser sa joie. Élisabeth porte les mains à sa bouche en regardant la chambre. De larges baies vitrées exhibent l'océan qu'on peut voir depuis le lit. Quelques meubles anciens, des rideaux en soie aux dessins orientaux, une salle de bains petite mais luxueuse et une terrasse surplombant les rochers. Ce lieu invite à l'isolement, au dépaysement. C'est un élixir existenciel, le meilleur résumé, la vie et la mort qui nagent d'un seul mouvement. Toutes les peurs, toute la solitude sous le soleil délicat du mois de septembre. Dans l'océan, des milliers de poissons, de sirènes, de secrets, tous les cadavres, tous les péchés de ceux qui ont foulé cette terre. Hervé se jette sur le lit, dépliant l'emballage du chocolat posé sur sa table basse. Le plafond blanc ne connaît aucune imperfection. La peinture ne cloque pas, elle ne s'écaille pas, elle ne se décolle pas. Elle reste sans défauts, d'un bout à l'autre de la chambre comme si on l'avait refaite la veille. Hervé ferme les yeux un moment, soulagé de ne plus être chez lui, dans cette copropriété qui lui donne de plus en plus la nausée. Le bruit des vagues le réveille. Il oublie où il est, se souvient, se redresse, cherche Élisabeth qui dore sur la terrasse dans son maillot de bain vert foncé.

— Je me suis endormi, dit-il en s'étirant.

— Je crois que je n'ai jamais vu un endroit aussi beau, dit-elle sans quitter l'horizon des yeux. Je suis allée me promener, il y a des fleurs partout, des hortensias bleus, des géraniums, des roses incroyables, et tu verrais ce lierre…

— On pourrait ne jamais rentrer, il dit tout bas.

— Il faudrait tenter l'EuroMillions cette fois, et puis pauvre Billy il finira sourd à force de vivre avec Siméon qui joue du matin au soir.

Elle se retourne.

— Reste pas tout habillé, va mettre ton maillot, ça te fera pas de mal de bronzer un peu, t'es blanc comme un cul.

— Morue, il dit en souriant avant de rentrer dans la chambre pour enfiler son nouveau maillot.

Il le remonte un peu, tentant de dissimuler la partie basse de son ventre épais, laisse ses vêtements par terre et rejoint la terrasse de nouveau, s'allongeant près de sa femme sur le transat. Le soleil le replonge dans une douce somnolence. C'est peut-être ça, le bonheur, il songe : un peu de calme, la mer et le soleil.

Deux jours retirés de la frénésie du monde à faire du vélo entre les champs de blé, à faire la planche dans la piscine turquoise, sans personne pour troubler leur quiétude. L'hôtel est presque vide après l'été. Ils croisent seulement un couple allemand plus âgé qu'eux et une femme seule, la trentaine, grande, blonde et très bronzée qui ne quitte jamais ses lunettes de soleil et son chapeau de paille. Ils se font un signe comme s'ils appartenaient à la même famille, celle des privilégiés, puis retournent chacun à leur intimité feutrée. Élisabeth veut tout voir, elle traîne Hervé au spa même s'ils n'ont pas de quoi s'offrir un massage, ils ont le droit de profiter du hammam et de la petite piscine intérieure. Ils se prélassent dans le peignoir qu'on veut bien leur prêter, abusent des tisanes gratuites. L'après-midi, ils font l'amour pour rendre hommage au décor. Élisabeth a pris un coup de soleil, et cette peau brûlée, rouge et douloureuse excite son mari sans qu'il ne sache bien pourquoi. Il la prend de dos, ses seins lourds frottant le coton du couvre-lit. Des années qu'il n'avait pas fait jouir Élisabeth. Ce jour-là, elle y parvient, ses yeux tout à la mer. Elle vient, des larmes de joie plein les yeux. Après, il s'allonge contre elle, contre son corps nu qu'il connaît par cœur.

— Pourquoi tu pleures ? il demande.

Elle replie ses jambes contre sa poitrine et dit tout bas :

— Je suis heureuse.

Les larmes la débordent, ruissellent sur ses joues inondées, trempent leurs cœurs, ce lit emprunté, rejoignent la mer qui ne demande qu'à déborder.

— Je t'aime, répond-t-il doucement.

Et il la serre contre lui aussi fort qu'il le peut, en prenant soin de ne pas lui faire mal. Il l'embrasse sur son visage au goût de sel, voudrait l'avaler pour qu'elle vive en lui.

Le soir, ils dînent dans la petite salle à manger de l'hôtel. Une table nappée de blanc, derrière une vitre donnant sur l'Atlantique. Il prie pour que la presqu'île se détache du continent, qu'elle dérive toute la nuit afin qu'ils ne puissent plus rentrer, qu'ils vivent leurs dernières années avec ce couple allemand et cette dame solitaire. Hervé et Élisabeth imaginent les raisons de sa solitude, un mari volage, une relation adultère, une veuve, une criminelle partie avec tout l'argent du pigeon récemment plumé. Ils rient en imaginant la vie lubrique du couple allemand, lui font vivre des partouzes cossues, lui fourrent des plumes dans le cul, le déguisent, le maquillent, l'imitent à voix basse avec un accent allemand qui tire sur le belge.

Un peu de vin blanc fait parler la sexagénaire que le lieu délivre. Hervé l'écoute tout en sauçant son assiette avec le dernier morceau de pain. Là, à la lueur des bougies, elle fait le bilan de ces soixante ans, elle se demande qui elle aurait pu être en ayant fait d'autres choix, elle se souvient de l'indiscipline qui gonflait ses poumons quand elle n'avait que vingt ans. Ses coups de gueule, ses coups de sang sont morts avec la douleur des jours. Elle aurait aimé pouvoir faire plus, laisser une trace, aider les autres, donner du sens à cette errance, faire le tour du monde et puis de la peinture sur porcelaine. Elle regrette ses cheveux longs, son corps d'avant, celui sans arthrose ou rosacée. Le serveur dépose les desserts devant Élisabeth et Hervé, ce qui interrompt sa complainte. Elle s'en veut de cette débauche, elle ne sait pas ce qui lui arrive, c'est peut-être l'air marin. Hervé lui prend la main.

— Tu es la plus belle femme du monde, encore plus belle qu'à vingt ans.

Elle le regarde avec gratitude, lui qui déjà est passé à autre chose, qui avale son moelleux au chocolat d'un coup de fourchette, qui noie ses propres peurs dans le sucre. Elle ne se risque pas à lui parler de son alcoolisme ou de ses accès de colère, préfère sécher ses larmes, savourer ce moment hors du temps, suspendu entre les étoiles. La nuit les rattrape et ils s'endorment pour revivre un peu l'insouciance joyeuse, elle contre son dos pour y trouver un peu de chaleur. Ses pieds froids taille 37 contre les siens, chauds, taille 41.

— Mon petit pot de colle, il la taquine toujours.

— Tu me sers de radiateur, elle répond, frileuse.

Elle le fait transpirer mais il déteste quand elle se détourne de son corps, qu'elle le quitte pour l'autre extrémité du lit. Dans ces moments de désaveu, il se retourne et se niche contre son dos pâle. Il compte ses grains de beauté jusqu'à trouver le sommeil.

Dernier réveil face à la mer, la tête enfouie sous une montagne d'oreillers haut de gamme, Hervé s'est retenu de prendre les mignonnettes dans le mini-bar. Il a pensé à les cacher dans son sac, sous ses vêtements froissés. Mais il a souri en songeant que ce n'était pas utile. Ce lieu l'a inondé d'amour. Ses fissures semblent réparées par endroits. La lumière filtre à travers ses cicatrices. Élisabeth dort encore. Il remonte le drap sur elle et embrasse son nez qui pèle.

Le soleil s'est voilé pour leur dernier petit-déjeuner sur la terrasse. Sur la table, les croissants, le pain de mie, la confiture, le thé et le café noir sont autant de richesses inestimables. Hervé est assis seul face à la vue. Sa femme interrompt le silence :

— Bonjour vous.

Il la regarde s'étirer, souriante et irrésistible.

— Viens t'asseoir, il dit en tapotant la chaise à côté de lui.

Ils ne parlent pas, ni l'un ni l'autre. L'océan bat comme un cœur, les vagues s'écrasent contre les rochers avec une violence hypnotique. Le spectacle dure deux heures. Déjà, il faut faire les valises et rendre les peignoirs, prendre les chaussons et quitter l'antichambre du paradis.

Dans le train du retour, Élisabeth dit qu'elle a pris tous les hortensias, tous les géraniums, les roses et puis le lierre, qu'elle a pris la mer, la piscine et les langoustines. Elle ajoute en montrant son cœur :

— Je les ai mis là.

23

Hervé s'arrête boire un coup au Perroquet, il se sent un peu mieux ces jours-ci, encore hâlé par le soleil, heureux de raconter à tous ceux qui veulent bien l'entendre ces deux jours au paradis qu'il a pu offrir à sa femme grâce à un supplément de chance. Il a renoncé à l'idée d'arrêter le temps, décidé d'embrasser sa condition de retraité. Ce matin-là il s'est levé tôt, il a pris sa douche et promis de commencer quelque chose, n'importe quoi dont il puisse être fier. Quelque chose pour faire plaisir à sa femme, qu'elle le voit occupé et productif. Il a choisi un puzzle de mille pièces à la papeterie du centre, avec des chiots sur la photo de couverture : « Collection Puppies ». C'est con comme ça met du baume au cœur ces trucs-là, il s'est dit.

Il discute avec les copains, ceux dont il ne connaît pas les prénoms, mais dont il partage le désœuvrement. Tous paumés, tous abandonnés, seuls et sans but, flottants les uns contre les autres dans un océan de bière et de vin, de sangria, de rhum, de pastis, de rosé. Les joues rouges, les vaisseaux exorbités, le visage, le cou gonflé, Hervé rougit non pas par timidité mais plutôt à cause de son *alcohol flush*. Ça ressemble à un titre de chanson, la chanson de sa vie, mais à cause des degrés additionnels, il ne se souvient plus des paroles.

Billy le suit dans les rues du quartier. Sept ans qu'il talonne le grand maître dans Alfortville depuis que la sœur d'Hervé lui en a fait le cadeau. Avant les disputes, le ressenti, l'explosion, l'éloignement banal d'une fratrie banale. Elle avait sonné chez eux, attendu un moment avant de sortir sa surprise de son sac à dos. Élisabeth avait poussé un cri de joie. Hervé avait attrapé la petite boule de poils entre ses mains, et embrassé sa sœur aussi chaleureusement que possible. Il ne l'avait jamais embrassée comme ça. Sa grande sœur, la raisonnable, « Madame Parfaite », comme il l'avait toujours appelée dans son dos. Vieille fille, elle avait eu des histoires qui se soldaient irrémédiablement de la même manière : le type se barrait du jour au lendemain et le pire, c'est qu'Hervé le comprenait. Élisabeth appelait ça un schéma répétitif, mais Anne ne savait pas vraiment quoi faire de cette notion de psychologie mal maîtrisée. Schéma répétitif ou pas, elle ne parvenait pas à « garder » un homme plus de huit mois, et maintenant qu'elle avait passé les soixante-dix ans, Hervé savait de source sûre qu'elle avait renoncé à l'idée d'échapper à sa solitude. Sa source, c'était Élisabeth, qui continuait de s'entretenir avec Anne pour les fêtes et les anniversaires. Elle l'appelait peut-être plus souvent, il ne tenait pas à le savoir. S'il lui en voulait d'être différente de lui, de penser autrement, d'aimer leurs parents et surtout leur père, il n'oublierait certainement pas que Billy était le plus beau cadeau que sa famille ne lui ait jamais fait. Ils auraient pu s'entendre. Certains frères et sœurs sont soudés. Eux se sont laissé grignoter par les intonations, les phrases qui piquent et blessent, les susceptibilités, l'arrogance, le jugement. Assez vite, ils ont marché sur des œufs. Quand l'un parlait, l'autre se vexait systématiquement. Les dîners se finissaient toujours par une porte qui claque ou des injures. Souvent ses larmes à elle. Dans ses yeux trompe-l'œil, où la tristesse masque le procès, il se retrouvait encore et encore, l'enfant victime et fautif. Sans lui, elle aurait vécu une vie normale, seule au milieu d'un père et d'une mère, peut-être aimants. Même si elle l'appelle son petit frère, qu'elle prétend l'aimer, elle ne s'est jamais retenue de le critiquer, de le rabaisser, lui reprochant son manque d'ambition, sa procrastination, son laisser-aller, son allure de perdant. Il pense que c'est tout ce qui lui reste de sa famille, qu'il n'y a plus que sa sœur, et qu'elle n'est pas immortelle. Quand l'émotion d'un souvenir l'étreint, Hervé s'accroche aux impairs et aux reproches comme un singe agile se suspend de branche en branche dans une jungle si dense que la lumière ne s'y risque plus.

Maître et chien ont contourné le skatepark. Ils ont regardé les adolescents faire des sauts, se taper dans la main. Ils sont remontés jusqu'à la Seine, ont jeté des miettes de pain rassis aux mouettes et aux poissons, regardé un jeune couple se disputer. Hervé voulait leur dire gentiment :

— Ça n'en vaut pas la peine les enfants.

Il s'est retenu, il savait qu'ils lui répondraient :

— Ta gueule ducon.

En vérité, les disputes des autres le rassurent.

En rentrant dans l'immeuble, fatigués de leur promenade, ils n'avaient pas prévu de croiser Laurent et son chien. Hervé n'a pas le temps ou le juste réflexe d'attraper Billy. Vanille se jette sur lui à toute vitesse. Il a traversé la cour en quelques enjambées, mâchoires ouvertes, crocs acérés, il n'en a fait qu'une bouchée. Depuis le temps qu'il voulait le goûter ce bichon ! Billy ne se laisse pas faire, mord à son tour. Les bêtes hurlent. Enragées. Diaboliques. Leurs plaies ouvertes laissent le sang se répandre et se mélanger, un même sang sombre s'écoule de leurs corps velus. Un sang qui effraie Hervé, celui de ses blessures aux genoux et surtout de la fois où il avait fait mal à sa sœur et qu'il lui avait ouvert l'arcade. Tout ce sang… une flaque, une mare, une rivière de sang vers la mort. La peur du sang depuis, la peur du sang, là, alors que Billy continue de hurler et de se débattre. Laurent et Hervé arrivent tous les deux en courant, ils sont perdus, dépassés. Le retraité reste prostré devant cette scène cruelle mais soudain Laurent donne un grand coup de pied pour les séparer, un coup de pied qui fait voler Billy un peu plus loin. Glapissement déchirant. Hervé crie, s'élance vers Billy, le prend dans ses bras. Ses tempes cognent, son cœur fait des bonds. Laurent attache vite son chien, vérifie qu'il n'a rien. Il se redresse, demande à Hervé :

— Tout va bien ?

Hervé voudrait le mordre aussi, lui arracher l'oreille, le voir pleurer. Il serre ses deux poings contre son buste, retient son élan justicier.

— Faut lui mettre une muselière à ton clébard.

Laurent ne répond pas mais son silence crie des injures. Hervé se retourne et traverse la cour en tremblant, son Billy bien à l'abri contre son torse. Il entre dans l'immeuble, monte l'escalier en courant, rejoint son appartement et claque la porte avec violence. Une fois adossé contre la porte, il se met à hurler. Son animal blessé, apeuré, le regarde sans comprendre. Hervé pose Billy, le reprend dans ses bras. Il le caresse frénétiquement, lui demande pardon, lui jure qu'il le vengera, qu'il va bien s'occuper de lui, le guérir, lui acheter des petits os et du jambon blanc. En voyant le sang de Billy sur ses doigts, Hervé reste hagard. Il a le tournis, il fait chaud, l'odeur métallique, obsédante, lui pique le nez. Si seulement Élisabeth était là. Il faut qu'il tienne le coup, qu'il sauve Billy. Il va se laver les mains, laisse couler l'eau du robinet jusqu'à ce qu'il n'y ait plus une trace d'hémoglobine. Billy pleure et rejoint son panier en boitant, la tête et la queue basses. Il se roule en boule pour oublier la peur. Il lèche ses plaies en frissonnant.

Le maître n'en mène pas plus large. Il essaye d'appeler Élisabeth qui ne répond pas. C'est vrai qu'elle a cours avec son Mathias, le gamin est nul en anglais mais il s'accroche. Hervé jette le téléphone, regarde par la fenêtre : plus personne. Il se baisse, reprend le téléphone, cherche dans le carnet à spirales un numéro, celui du vétérinaire. Ça sonne. Les membres inférieurs d'Hervé se mettent à trembler compulsivement. Il se déplace jusqu'au frigidaire, attrape une bière, la décapsule avec les dents. Quand le liquide tapisse sa gorge, les tremblements se calment un peu. La voix d'un jeune homme répond.

— Cabinet vétérinaire, bonjour ?

— Mon Billy s'est fait agresser, lâche Hervé entre deux gorgées de bière.

Une simple morsure suffit à attaquer le système nerveux, à filer la rage. L'incubation prend une semaine, mais à défaut de Billy, c'est Hervé qui se sent différent. Hypersalivation, hallucinations, tremblements et excitation le gagnent sans que l'image de Laurent flanquant son pied dans la panse de son chien ne le quitte une seule seconde.

24

Une heure qu'il attend. Les autres humains sont comme lui, inquiets, assis sur des chaises en plastique de toutes les couleurs, des chiens en laisse, des chats en cage, un perroquet myope et un lapin qui tourne en rond. Mécontent, il le fait savoir dans un grognement rauque. Une femme, petite, queue-de-cheval haute, lui demande avec curiosité :

— Qu'est-ce qu'il a votre chien ?

Hervé s'en fout, il ne répond pas et fixe Billy. D'un bond il se lève pour interpeller le standardiste.

—Une heure que je poireaute, vous allez laisser crever mon chien ici, c'est ça ?!

Le jeune homme a l'habitude, il tend la main en direction du retraité, pour lui montrer qu'il n'est pas du genre à se laisser impressionner.

— Monsieur, calmez-vous, vous êtes le prochain.

Hervé se rassied, il ne fait pas gaffe aux regards des autres. Au bout de dix minutes la vétérinaire, blonde, les cheveux courts, les invite de l'autre côté de la porte blanche sur laquelle est écrit en lettres capitales « Entrée interdite ».

Sur la table d'examen, la gueule de Billy est muselée à l'aide d'un bout de ficelle verte tandis qu'elle l'ausculte.

— Eh bien mon coco, il ne t'a pas raté, elle dit, tout en tournant la tête vers Hervé. Je vais lui faire une piqûre d'antibiotiques et quelques points de suture. C'est pas passé loin de l'artère, il a eu de la chance. Ses vaccins sont à jour donc a priori pas de risque. Qu'est-ce qui s'est passé ?

— Le jack russell du voisin s'est jeté sur lui. Et Laurent… Son propriétaire l'a tapé avec son pied. C'était horrible.

— OK, on va lui faire une radio pour vérifier et je vais donner à Billy des antidouleurs.

Hervé se retient de fondre en larmes, il caresse du bout du bras son animal blessé qui n'en mène pas large.

— Vous pouvez toujours porter plainte. Déposez une main courante, ça créera un précédent au cas où ça recommence. Ça arrive souvent vous savez, mais les animaux sont moins protégés que nous juridiquement.

Il lève les yeux vers elle :

— Je peux vous dire une chose, c'est qu'il n'y aura pas de prochaine fois.

Elle pose une main rassurante sur la sienne. Un geste tendre qu'il observe, hébété. Mais déjà, cette main bénévole se retire.

— Allez, je l'emmène. Vous pouvez revenir dans deux heures à peu près ?

— Il ne va pas mourir, vous êtes sûre ? il demande, sa voix presque éteinte.

— Non, je vous le promets, il ne va pas mourir. Je vais bien m'occuper de lui. Et puis, il est fort votre Billy.

Hervé embrasse son chien sur le front. Il se doute qu'il a l'air d'un abruti à le couvrir de baisers, des sanglots plein la gorge. Il ne peut pas s'en empêcher, il n'y a pas plus honnête, plus sincère que ce chien. Il n'a rien demandé à personne et le voilà obligé de se faire recoudre par une inconnue en blouse verte. L'odeur aseptisée de la salle l'étourdit, ces produits chimiques, la javel, la désinfection de tout, même des sentiments. Il ne supporte plus. À la sortie, son image dans la porte vitrée. Il voudrait casser la glace avec ses poings fanés. Au lieu de ça il fond en larmes, toute sa pluie intérieure.

25

Hervé marche un long moment et finit par s'asseoir à la terrasse d'un café chic. Des parasols blancs, des chaises de bistrot nattées vert et rouge. Les gens vont par deux, par quatre, par six. Les adolescents fument et rient un peu fort. Une femme lit un roman les jambes croisées deux fois. Son arthrose à lui rend cette torsion impossible. Il renonce à essayer, pense à Billy.

Le serveur se penche vers lui.

— Qu'est-ce que je vous sers ?

Hervé hésite, il regarde les autres avec leurs jus et leurs salades mixtes. Tout ce qu'il veut, c'est s'alcooliser vite pour calmer ses nerfs. Il vérifie s'il a assez dans son porte-monnaie au drapeau américain, cadeau d'un ancien collègue.

— Un whisky glace, dit-il, sans un regard.

Le serveur repart, non sans avoir vérifié l'heure sur sa montre.

Hervé fait tanguer les glaçons contre la paroi du verre, douce musique. Il les regarde danser les uns contre les autres, les noie dans le liquide brun pendant de longues minutes. Il repense à la scène et se reprend, boit son whisky d'une traite, en commande un autre qu'il boit aussi sec. Le regard du serveur glisse sur lui. Il compose le numéro de Pascal. Répondeur. Il rappelle encore, et encore, jusqu'à finir par l'avoir au bout du fil.

— T'es au courant ?

— Bonjour, d'abord ?

— Ouais, bonjour, bonjour… grommelle Hervé, tout en se frottant les tempes.

— Au courant de quoi ? Y a un problème ?

— Billy s'est fait attaquer par le chien des Kobon.

— Merde…

Hervé raconte à Pascal l'incident dans le moindre détail. Il le somme de faire quelque chose, d'obliger Laurent Kobon à attacher son chien.

— Qu'il mette une muselière. Faut qu'il soit tenu en laisse tout le temps.

Il aimerait le chasser de la résidence, qu'on instaure des règles plus strictes, que ces gens retournent d'où ils viennent. Il dit cette phrase :

— Qu'ils retournent d'où ils viennent.

Le silence se fait au bout du téléphone. Pascal se racle la gorge, essaye de raisonner Hervé.

— Bien sûr, bien sûr, je comprends. Je vais voir ce que je peux faire, d'accord ? Laisse-moi l'appeler. Ça va s'arranger.

Après avoir raccroché, le sexagénaire règle ses deux consommations, se lève et s'en va sans remercier le serveur qu'il a trouvé méprisant. Ni pourboire, ni merci. Ça sert à rien d'être gentil. Il prend le bus jusqu'au bois de Vincennes, rêve de se perdre.

Sous un orme tentaculaire, cyclopéen, il s'allonge. Une pensée l'obsède, celle de se venger. Une douce vengeance, inattendue, bien méritée, se fond et se construit dans son esprit amer. Il pense d'abord à tuer Vanille, rendre à Laurent son geste abject, rouer son chien de coups de pied jusqu'à ce que son cœur s'arrête, et puis le déposer sur le paillasson grotesque de ses maîtres. *Le malheur c'est ici.* Il sourit en imaginant leurs têtes, leur abomination, les cris des enfants. Plus de trompette ou de saxophone. La bête morte, sanguinolente, la langue pendante, juste retour des choses. Sa tête inanimée contre les poils drus d'un paillasson bien trop optimiste.

Il se demande si Pascal va oser dire à Laurent qu'il n'a pas sa place dans cette copropriété. Il se les figure déménageant, un grand camion, toutes leurs affaires, la petite hybride, Panya et sa robe de mariée, ses pieds nus. Il leur ferait un signe de la fenêtre, il serait peut-être nu, s'assumant cette fois, sans pudeur. Laurent baisserait la tête. L'appartement de Marie-Claire redeviendrait calme. Une étudiante ou un couple leur ferait oublier les Kobon, leur mesquinerie. Ils pourraient dîner ensemble de temps en temps, « à la bonne franquette », sans excès d'orgueil. C'est lui qui dicterait les règles.

Ce coup de pied de Laurent dans le ventre de Billy, Hervé se le rejoue en boucle. C'est une sorte de révélation. Ce coup de pied montre qui est Laurent, le dernier des faux culs. Le sang cogne dans les veines d'Hervé qui tente de refréner le flot de ses pensées. Il observe les mésanges bleues sautiller dans les arbres. Un de ses rêves d'enfant lui revient, celui de voler, comme un oiseau, d'être libre. Tout seul, la tête dans l'herbe, entre les tiges et les fleurs sèches, il se met à rire. Libre ? Libre comme son père ? Est-ce que c'est ça, la liberté ? Celle de fuir l'insupportable famille ? Son père qui a délaissé ses deux enfants pour en faire trois autres avec une seconde femme, un peu plus loin. La liberté, une histoire de kilomètres ? D'amour ? D'argent ? D'appartement ? Sa mère n'était-elle pas suffisamment bien habillée, gaulée, éduquée pour le garder ? Et Anne ? Et lui ? Pas assez drôles, pas assez mignons ? Pas assez minces, pas assez jolis, pas assez intelligents ? Une fois, une seule fois, il les a vus, ses demi-frères. Deux grands chauves, bedonnants comme lui. Deux huîtres. Deux vases troués sans eau ni fleurs. Ils avaient voulu connaître la vérité avec sa grande sœur, avaient trouvé l'adresse sur l'ordinateur, pris la voiture, s'étaient garés dans la rue. Avaient attendu. Des heures. Bu des bières, fumé des cigarettes, refait leurs vies à l'envers, tellement ri, tellement pleuré. Ils s'étaient disputés bien sûr. Pas d'accord. Et puis là, sur le perron d'une maison tout en briques, une petite maison parmi des dizaines de maisons semblables, ils les ont vus rentrer, les frères. Presque bras dessus, bras dessous. Presque. Pas malheureux. Les fils prodigues. Les vrais enfants, les reconnus, ceux qu'on n'abandonne pas, ceux à qui on lègue tout, le fric et les mots, la mémoire, l'héritage de ses vérités. Hervé rit mais il voudrait chialer, arracher la terre, tordre le cou des mésanges et caresser leurs plumes bleues et jaunes, leur duvet doux sous les doigts une fois qu'elles ne respirent plus. Il pense à appeler sa sœur, lui dire :

« Putain, merde, qu'est-ce que j'ai été bête. Y a que toi et moi, depuis toujours, depuis le début, j'avais pas compris. »

Drapé dans son ego, il n'a pas vu l'enfer se dessiner sous ses pieds. Les disputes on s'y fait, la solitude aussi. Vivre sans sa sœur, rien d'infaisable. Couper tous les ponts, c'est un pas de plus vers la mort, un pas de plus vers son corps enfin squelettique et froid. Hervé y pense mais il ne compose pas le numéro d'Anne. Pour lui dire quoi ? C'est trop tard maintenant, il n'aurait pas les mots, il n'a même plus vraiment l'envie. Aujourd'hui, il ne lui reste plus qu'Élisabeth. Sa tête rousse, ses racines blanches, ses lèvres contre les siennes, ses mains sur sa poitrine, bouche-à-bouche infini pour rester en vie. Superflu. Il regarde encore les oiseaux qui piaillent avant de s'éloigner vers d'autres rameaux, il se demande si tout ça est bien réel.

26

Billy a deux côtes cassées, un petit bandage lui enveloppe l'abdomen. Hervé paye la jeune fille du cabinet sans manquer d'observer que le montant lui paraît faramineux. Il finit par repartir avec son chien entre les bras et le sachet de médicaments. Il se penche doucement vers Billy et murmure à son oreille :

— Ça va aller, c'est pas ta faute. Je vais m'occuper de toi, je te le promets, on va pas se laisser faire, hein ?

Ils prennent le bus jusque chez eux. Hervé garde le chien sur ses genoux, continue de lui parler doucement, ne fait pas attention aux regards des anonymes entassés qui le jugent autant qu'ils s'en foutent.

Élisabeth n'est pas encore rentrée. Hervé prépare un bol de riz avec un peu de viande hachée pour le chien. Il le caresse tandis qu'il avale son repas, avec moins d'entrain que d'habitude, néanmoins touché par l'initiative. Hervé reste assis près de l'écuelle sous le regard stupéfait de son animal. Assis là, à même le sol, comme un animal lui-même, il pense à cuisiner quelque chose pour les Kobon, un gâteau pour les remercier des madeleines, pour faire la paix. Un gâteau dans lequel il pourrait glisser des laxatifs ou des somnifères, un poison quelconque. Il repense à eux dans leur appartement refait à neuf, où tout n'est qu'usurpation. Laurent s'en fout, lui, de cette banale morsure, il ne pense qu'à sa carrière, ses costumes cintrés, ses chaussures hors de prix, son petit confort. Il doit se réjouir, se féliciter et remercier son chien, raconter à sa femme, alors qu'elle se crème le visage et le cul :

— T'aurais dû voir la peur dans les yeux d'Hervé et du vieux Billy.

Panya a peut-être applaudi. Dressée sur ses deux genoux, elle a tapé dans ses mains, elle a dit :

— Bravo mon cœur.

Tout doucement dans son oreille. *Bravo mon cœur, mon amour, c'est toi le plus fort.* Hervé la voit avec ses yeux de biche, son eye-liner impeccable, ses colliers, ses chaînes, ses breloques, ses porte-bonheur. Encore une fois, il l'imagine faire des choses salaces, il s'en veut, continue à caresser Billy. L'écuelle est vide. Quand le chien repart se coucher dans son panier, Hervé reste au sol. Il se sent mieux là, près de la terre, moins que rien. Si seulement il pouvait se glisser sous le carrelage comme une blatte ou un poisson d'argent.

Enfin, 18 heures, les clés d'Élisabeth dans la serrure. Des heures qu'Hervé guette leur bruit. Elle semble surprise en le voyant debout, dans l'entrée, face à elle, le chien entre les bras. Son regard est ahuri, presque dément.

— Alors mon Billy ? Qu'est-ce qui s'est passé ?

Elle s'approche du chien qui saute hors des bras d'Hervé pour se cacher sous la table, comme s'il avait fait une connerie, qu'il pouvait enfin se libérer de son emprise.

Hervé lui raconte la violence de la morsure, le coup de pied brutal, les points de suture, les côtes cassées, la facture du vétérinaire. Tandis qu'il parle, il fait des allers-retours, sans s'arrêter, entre la fenêtre et la table du salon. Il passe la main dans ses cheveux, lance des regards à Billy pour lui demander de confirmer sa version.

— C'est pas possible, fait Élisabeth, agitée, les sourcils froncés. Tu veux que j'appelle Panya ?

— Non ! dit fermement Hervé. C'est à eux de téléphoner, à eux de s'excuser.

— T'es sûr qu'ils n'ont pas appelé ?

Hervé secoue la tête. Son visage est fermé. Il se retourne vers elle, attrape une veste, enfile ses chaussures et dit simplement :

— Je vais porter plainte.

Il lance un regard à Billy et repart, avec de faux airs de chevalier revanchard, sorte d'Alexandre Le Grand en version rabougrie. Les yeux d'Élisabeth sondent la table et la poubelle. Cadavres de bières mal enterrés.

27

Un policier fait face à Hervé. Il fait jouer son stylo bic entre son index et son majeur. Hervé n'ose pas le regarder dans les yeux, il s'est toujours senti coupable face à l'autorité républicaine, comme s'il avait commis une faute en naissant et que les flics le savaient. Il signe en bas de la main courante qu'il vient de remplir. Le policier lui explique que ça ne sert à rien, juste à laisser une trace, il sous-entend en riant que tout n'est que mascarade, histoire d'utiliser de l'encre, de faire bosser les gratte-papier en somme, de polluer un peu plus la planète, pour le principe. Il dit à Hervé qu'il pourrait porter plainte mais qu'il faut se rendre dans un autre bureau, que ça peut être long, et puis il faudra ensuite convoquer un médiateur. Il faudra se retrouver dans une pièce avec Laurent et l'autre bonhomme, expliquer de nouveau les faits, s'entendre sur la version. Le policier lui demande s'il a une lettre du vétérinaire qui évoque les blessures, ça serait bien pour le dossier. Hervé se sent bête de ne pas y avoir pensé, il n'a pas de lettre, juste la facture de 180 euros qui lui reste en travers de la gorge. Il demande au policier :

— Est-ce que je vais me faire rembourser ?

Le policier passe la main sur son menton anguleux.

— Vous pouvez appeler votre assurance, demander au propriétaire de l'autre chien s'il peut faire un geste, mais bon, en général ils se défilent. Envoyez-lui une lettre recommandée avec la copie de votre facture, gardez le récépissé surtout.

Se voulant rassurant, il lance une dernière phrase à Hervé tandis que celui-ci se lève.

— Vous savez, on en voit passer des choses ici, et je suis désolé pour votre animal mais ça aurait pu être plus grave, un enfant par exemple ou bien vous.

— Épargnez-moi vos conneries.

Hervé attrape son maigre dossier, le glisse sous sa veste et traverse la pièce en direction de la sortie. Il n'a pas un regard pour les autres.

La nuit est tombée quand Hervé sort du commissariat. Il marche plus vite que d'habitude. Une sensation particulière se diffuse en lui, l'impuissance. L'impuissance mêlée à la colère, à la rage. Un goût de revanche dans la bouche, l'envie de sortir de cette cage étroite qui lui fait mal partout à force de s'y cogner. Il n'a plus que Laurent dans la tête, et cette image obsessionnelle du coup de pied dans les côtes de Billy. Les mots du policier se brouillent, il ne se souvient plus très bien du discours de l'homme en uniforme bleu marine, juste une chose, un message clair et précis : il est toujours mieux de se faire justice soi-même. Sur tout le chemin du retour, il perçoit une voix familière. C'est seulement quand il arrive devant l'immeuble qu'il comprend que c'est sa propre voix.

28

Pas un mot d'excuse, rien. Ce silence, c'est un crachat à la tronche, c'est une déclaration de guerre. Nouvelle insomnie. Ce matin, il se lève vers 6 heures, après avoir passé une partie de sa nuit à regarder le plafond, à vérifier les mouvements éventuels dans la cour, à se répéter les mêmes paroles : *Pas un mot d'excuse, rien. Ce silence, c'est un crachat à la tronche, une déclaration de guerre.*

Il parle à Élisabeth quand elle n'entend pas. Il a bu une bière, ne s'est pas rendormi.

Il enfile un jean et son pull zippé noir reçu à Noël dernier. Il a rendez-vous avec Pascal qui déménage le lendemain. Il attend, seul à la table de la cuisine. Billy s'est réveillé au même moment que son maître, il a étiré ses deux pattes avant avec une flexibilité diminuée, puis rejoint sa maîtresse dans le lit conjugal.

D'où vient cette colère ? Existe-t-elle chez tout le monde ? Hervé s'interroge tout en pissant dans ses water-closets aussi éculés que lui. Dans la salle de bains, le miroir lui renvoie ses beaux reflets argentés. Ses cheveux gris ont poussé, ils sont trop longs, se dit-il. Il se met de profil, passe une main sur son ventre gonflé. Gros.

Il se trouve gros. Il regarde son air plombé, son visage légèrement rougi, avec des petits sillons violets autour du nez, des rides creusées le long de son front, comme des vagues irrégulières. Vieux, il se sent vieux. Il ressemble à son père. Cette idée le répugne, il fait un pas en arrière, n'ose pas relever les yeux. Peut-être qu'il est temps de changer, de se reprendre. La vie continue de battre en lui, comme ces fjords norvégiens qu'il a vus à la télé la veille. Une eau pure, presque magique. C'est aussi ça, le monde. Des putains de fjords norvégiens. De la beauté, du bonheur, des gens heureux, qui se baignent, du calme et du froid, de la douceur. C'est ce qu'ils promettent aux gens comme lui : la possibilité d'un fjord norvégien. Il gobe deux cachets pour son arthrose qui lui fait de plus en plus mal. Ses genoux le lancent comme s'ils allaient se dérober sous son poids, un jour sans prévenir. Souvent il se demande s'il ne va pas finir par tomber subitement, d'un coup, tout son poids projeté violemment contre le lino, avec l'effet de la gravité. Cette idée le réconforte. Tomber enfin, que tout se calme en lui.

Il s'appuie contre le mur, se masse un peu, boite jusqu'à la cuisine. Il attend, boit un autre café. Il rêve d'une autre vie, d'une petite maison en province, de faire courir des fleurs le long de la terrasse, de la glycine et des roses, du jasmin, de la clématite, du lierre comme sur cette presqu'île qui paraît loin maintenant. Qui a dérivé ? Elle ou lui ? Ne plus entendre les pas des voisins au-dessus de sa tête, ne plus les guetter, ni le jour, ni la nuit. Il pense à vendre son appartement, trop de souvenirs ici, trop de rancœurs. Redevenir locataire.

Dans le magazine qu'a laissé Élisabeth sur la petite table basse ronde, un article d'une star qu'il ne connaît pas. C'est une jeune femme d'une vingtaine d'années, trop maquillée, avec une robe si serrée qu'il se demande si ce n'est pas sa peau. Le titre dit « Je suis contente de vivre ». Bouche bée, il regarde la photo de la jeune fille souriante et ces mots comme des pierres. Il la trouve laide et supérieure.

Tous les mois, c'est Élisabeth qui s'occupe de régler les factures, elle a toujours géré l'administratif. *Elle adore ça*, se répète Hervé, pour se rassurer de ne lui être d'aucune aide. Ce n'est pas sa faute s'il a une phobie administrative. La simple idée de voir le courrier s'accumuler dans l'entrée lui donne des palpitations. Ses années de pneus auront permis de cotiser suffisamment pour garder un toit, bouffer tous les jours, s'offrir un bon petit rôti et un ticket à gratter de temps en temps. Il pourrait gagner encore. Il songe à retourner au bureau, saluer les anciens collègues, taper son poing dans l'épaule de Jean-Christophe ou de Fred avec une petite blague, pour montrer qu'il est en forme, qu'il va bien. L'image matinale de son reflet dans le miroir lui revient. Gros. Ils le trouveraient gros, une vieillerie. Ils auraient honte pour lui. Il n'aurait rien à raconter si ce n'est ce ticket gagnant dont il a déjà dépensé tout le gain. Leur jeunesse, leur sève, leur assertivité lui donneraient encore plus envie de chuter net pour que quelqu'un se jette à ses pieds, le secoue, le gifle, le batte jusqu'à ravager son visage, qu'il ne soit plus qu'une bouillie éparse qui ressemble à de la marmelade. Ça lui donne faim de tartines et d'œufs brouillés. Billy partage cette envie.

Neuf heures. Hervé n'attend pas que sa femme se réveille, il part retrouver Pascal. Il traverse la cour sans saluer Aziz qui arrose les lauriers paresseux. Après tout, Aziz est dans le camp de Laurent, tant pis pour lui. Hervé rejoint le bâtiment de Pascal, sonne à PG. Pascal Guignard. Celui-ci l'accueille sur le palier de son appartement au deuxième étage, les bras entrouverts. Il lui donne une tape dans le dos, comme toujours, le fait entrer comme s'il revenait d'un long voyage, qu'il était enfin arrivé à destination. Il a le ton d'un père qui dirait :

— Viens mon chéri, j'ai préparé ta chambre.

Ils s'assoient dans le salon déjà vidé d'une bonne partie des meubles. Il y a des cartons en pagaille, des toiles à l'envers, des tapis roulés, une plante dans un pot. Il voudrait prendre sa place, partir aussi. Pascal n'a plus un cheveu sur le caillou, Hervé pense à se moquer de lui mais se retient.

— Il me reste la machine à café, je t'en fais un petit? Court ou long, demande-t-il en souriant.

— Je prends comme toi, répond Hervé.

Il ne tient pas en place, ses genoux lui font mal, ses pieds battent frénétiquement le sol. Tapotements nerveux mais discrets. Savoir-faire des anxieux. Il regarde les livres sous la vitre de la table. Des livres d'art : Botero, Frida Kahlo, Isabelle Bonzom, Tim Walker. Lui ne connaît rien, il manque de culture, ne sait même pas ce qui se passe dans le monde. Faut dire que ça l'emmerde le reste du monde, celui qui bourdonne au loin, presque irréel. Il se sent trop différent des autres. Il se lève, va à la fenêtre et observe son appartement. Les rideaux sont ouverts, Élisabeth est réveillée. On ne voit pas à l'intérieur. Il s'imagine la surprendre encore une fois avec un autre. Les grands bras noirs de Laurent autour de sa peau blanche, nue. La trahison moite derrière leurs rideaux sans valeur. Il lève les yeux vers l'étage du dessus, l'appartement des Kobon. Des dessins sont affichés aux fenêtres. Sur le petit balcon, deux chaises en bois, une petite table, une guirlande suspendue, de la lavande dans un grand bac en pierre et des jouets d'enfants. Quand ils avaient dîné chez eux, le balcon n'avait pas encore été aménagé. Ils n'ont pas perdu leur temps. Une ombre passe à leur fenêtre, il en est persuadé. Laurent l'a vu, il l'observe de l'autre côté. Pourtant la matinée est bien entamée et c'est un jour de semaine, il ne devrait pas être là, personne ne devrait être là. Il cligne des yeux, regarde mieux. Une femme d'origine philippine est en train de repasser leur linge. Il explose de rire, une femme de ménage, manquait plus que ça. Pascal l'interpelle :

— J'ai raté quelque chose ?

Hervé s'assied.

— Non, non rien…

Il boit son café comme s'il s'agissait d'un grand cru, pour faire honneur à son hôte, montrer qu'il sait bien se tenir. Il tient sa tasse avec ce qu'il pense être de la délicatesse, lève son petit doigt pour équilibrer sa main, imagine qu'Élisabeth serait contente de lui. Le président du conseil range çà et là quelques affaires, ferme un nouveau carton, continue de vivre sa vie, se refusant à appuyer sur pause même pour quelques minutes. La vie tient à ça, quelques minutes, des secondes aussi et un peu de considération. Il finit par s'asseoir, attrape trois morceaux de sucre qu'il jette dans sa tasse en grès.

— T'as pu parler à Kobon ? coupe court Hervé.

Pascal soupire et touille son sucre avec une petite cuillère qu'il lèche du bout de la langue.

— Bien sûr, mon vieux, il m'a dit que c'était une bagarre de chiens, que le tien a mordu le sien.

— Oui, s'agace Hervé, sa jambe trémulant encore davantage. Mais tu lui as reparlé depuis ? Il n'a jamais répondu à ma lettre, ni remboursé les frais du véto. Tu trouves ça normal toi ? T'es de son côté, ou quoi ?

— Mais pas du tout enfin qu'est-ce que tu racontes ! C'est pas une guerre, y a pas deux camps. Tu sais, il faut toujours se mettre à la place de l'autre. Lui me dit que son chien a été blessé à la patte, qu'il a eu des frais aussi. Il dit que ton chien a été agressif et que tu ne le promènes jamais en laisse. Toi tu lui en veux de ne pas s'être excusé... Mais il ne se considère pas plus en faute que toi. Il m'a promis de tenir son chien attaché, et pour éviter les histoires, ça serait bien que tu fasses la même chose.

— Sept ans que je promène Billy comme ça, il n'a jamais mordu personne ! Son putain de chien se jette sur le mien, et on a la même punition ?

— C'est pas une punition Hervé, calme-toi.

Hervé regarde les dents mal alignées de Pascal. Elles se chevauchent dans une désorganisation générale et le dégoûtent.

— Tu veux que j'organise un rendez-vous pour que vous puissiez vous parler ?

— Non.

— Mets de l'eau dans ton vin, s'il te plaît, supplie Pascal en plissant le coin de ses lèvres au contact du café âcre.

— Il n'a qu'à s'excuser, c'est pas compliqué.

Hervé scrute Pascal avec déception. Il n'en tirera rien. Cette bonne vieille neutralité s'impose. Ne pas prendre parti, ne pas prendre de risques. Cette histoire ne le concerne pas. Chacun considère son seul intérêt. Hervé voudrait lui dire :

— Et si c'était ta petite Morgane qu'il avait mordu hein ? Tu te laisserais faire aussi ? Tu mettrais de l'eau dans ton vin toi ?

Au lieu de ça, il ne dit rien. Il soupire, il se lève, traîne ses doigts gonflés le long des cartons ouverts. Une voix dans sa tête, celle d'Élisabeth : *Laisse tomber...* Il repense à cette soirée joyeuse où il croyait qu'ils étaient amis. Il n'aurait pas dû les inviter. Pascal n'a jamais reparlé de la présidence du conseil. Est-ce que c'est le moment, à l'aube de son déménagement et de l'assemblée générale, de remettre les points sur les I ? Faut-il balayer cette histoire de morsure, tourner la page ?

— T'es content de partir ? demande-t-il à Pascal qui pianote sur son téléphone portable, visiblement déjà ailleurs.

— Je suis triste, c'est sûr, de quitter la copropriété. C'est toute ma vie ici, ces murs, cette vue. Mais je suis heureux avec Morgane, j'avais la trouille de finir seul. Bon, là, je vais devoir m'habituer à vivre avec ses enfants qui viennent souvent, ils sont très « famille » tu vois, très fusionnel. Sa dernière l'appelle tous les jours.... M'enfin, on a des projets, je me suis remis au vélo d'appartement. Elle en a trouvé un sur Facebook, du coup je pédale tous les matins !

Dans son regard fier, Hervé soupçonne un sous-entendu. *Tu devrais te mettre au sport, toi aussi. Faire quelque chose. Te reprendre. Arrêter de nous faire chier. Partir d'ici. Rentrer chez toi. Fermer ta gueule. Attacher ton chien.*

— C'est bien, c'est bien.

Échange de sourires sans matière. Pascal se lève. Hervé se voit obligé de faire pareil. Au moment des au revoir, sur le seuil de deux continents qui s'éloignent sans jamais avoir été proches au fond, Hervé est pris d'un sursaut, il dit en criant trop fort, trop vite, avec un désespoir latent :

— Ça tient toujours pour la présidence ?

Pascal, gêné, se gratte la tête. Il ne s'y attendait pas.

— Je ne suis pas le seul décisionnaire tu sais. On en parle à l'assemblée ?

— Tu… tu as changé d'avis ? bégaye Hervé, la bouche sèche.

— Mais pas du tout, pas du tout, lui chante Pascal, se voulant rassurant. Je suis dans mon déménagement, j'en ai parlé à quelques voisins, mais comme le dit Corinne du syndic, mieux vaut faire le vote le jour J, tous ensemble, exposer nos points de vue. Tu vois ? Prépare un petit discours pour montrer ta motivation, c'est ce que j'avais fait à l'époque.

— OK…

Toujours avec une gentillesse cotonneuse, la main de Pascal accompagne Hervé vers la sortie.

— Je dois vraiment y aller, Morgane va arriver, et si elle voit que j'ai pas fini les cartons, ça va être moche.

Moche, oui, tout est moche ici. L'extérieur, l'intérieur, le recto, le verso.

— Bon déménagement, alors…

— Merci. Je t'appelle de toute façon.

Hervé descend l'escalier. Billy, agressif ?! Oser lui dire ça et dans les yeux en plus, quel culot, quelle injustice. Dans le hall, il croise Morgane qui le salue comme s'ils ne se connaissaient pas. Elle sent la mandarine, ça pique le nez, ça ressemble à l'été. Il pourrait la rattraper, lui dire tout ce qu'il pense de son Pascal de pacotille, la lâcheté incarnée, lui rappeler qu'ils ont dîné ensemble, qu'elle avait fait tout un tas de manières mais pas au moment de se faire inviter, qu'elle aurait pu appeler pour remercier, qu'elle aurait pu le reconnaître au lieu de lui asséner ce sentiment d'invisibilité comme tous les autres avant elle.

Sur le seul banc de la cour, Hervé se laisse tomber. Aziz est reparti. Personne. Il attend un moment, avec l'espoir de croiser Siméon ou d'apercevoir le bébé de la petite Asiatique. Il ne l'a aperçue qu'une seule fois, une petite fille brune, souriante, qui pousse des petits cris de souris, des « oh », des « ah », devant sa mère réjouie. Il aurait aimé qu'elle lui propose de prendre sa petite dans les bras, il l'aurait bercée, lui aurait chanté des comptines, aurait joué à cache-cache avec sa main pour la faire rire. Gazouillements délicieux, baisers tendres sur ses joues rebondies et toutes roses.

29

Octobre.

Chaque fois qu'il traverse cette cour, il a peur. Billy est anxieux, il accélère le pas, tire sur sa laisse, mal habitué. Hervé se voit forcé de suivre le rythme. Le chien boite encore un peu, mais ça lui donne une dégaine originale. Il aboie plus qu'avant, dès qu'il devine Vanille à travers la cloison, qu'il entend l'ascenseur se mettre en branle, il crie. Du fond de ses tripes, une sorte de promesse sourde, celle que lui a faite son maître : *Je me vengerai ! Saloperie de pourriture, tu m'entends ? Je me vengerai !*

L'autre crie en retour. Hurlements matinaux ou nocturnes. Élisabeth en a ras le bol, elle gronde Billy, hausse le ton, remet ses boules Quiès.

Hervé promène le chien encore plus souvent. Il s'occupe de lui comme du fils qu'il n'a pas pu chérir. Il lui donne ses médicaments, lui cuisine des petits plats maison, lui fait des massages, lui parle, le brosse, le lave dans la douche avec son propre shampoing. Il lui dit :

— Tu es un roi.

Dans les rues sales, il le suit armé d'un sac plastique. Il l'attend. La crotte fume un peu au contact du trottoir froid. Billy est fier. Hervé se baisse, ses genoux lui font mal, mais il ramasse toujours. Il marche sans grand aplomb, la laisse dans la main gauche, le petit sac noir dans la main droite jusqu'à la poubelle de l'angle.

Les mouettes s'arrachent le quignon de pain qu'Hervé a balancé par terre, juste devant le fleuve. Il pense à son enfance à Limoges, à sa chambre au papier peint fleuri. Il se souvient du jour où il l'avait arraché jusqu'à s'en faire saigner les ongles. Sa sœur s'était moquée de lui, elle le savait jaloux, elle appuyait là où ça faisait mal. Elle lui répétait, sournoise, au petit-déjeuner :

— T'as aucun ami, t'es moche, t'es nul.

Un jour, elle avait trouvé son seul et unique journal intime, qu'il avait pourtant dissimulé dans sa meilleure cachette, dans un renfoncement inconnu de sa mère et pensait-il, de sa sœur. Elle l'avait lu à voix haute, dans le salon. Il sautait pour le récupérer mais elle le repoussait de sa main droite, plus grande et plus forte. Elle avait crié ses secrets, ses peurs et ses fantasmes en riant pour les ridiculiser. Sa solitude, sa haine de lui-même, tout jusqu'à la blonde du catalogue de la Redoute. Celle qu'il avait découpée et collée sur presque toutes les pages, celle qui partageait ses nuits, ses parenthèses, ses joies et ses peines. Celle à qui il se confiait parfois, celle qui accueillait toutes les semaines sa semence telle une bénédiction avec ce même sourire simple. Elle, la femme parfaite, mère idéale, compagne rêvée, avec sa lèvre supérieure légèrement retroussée, ses brushings ondulés, ses sourcils épilés, ses barrettes, ses vêtements colorés, sa famille parfaite, ses dessous en dentelle, ses puces d'oreilles, sa joie inextinguible. Il donnait des coups de poing à sa sœur, jusqu'à lui faire enfin mal, et qu'elle se plie en deux en hurlant. Ils s'étaient pris deux belles gifles par leur mère, lui finissant seul dans sa chambre à pleurer cette injustice nouvelle. Arracher le journal et puis le papier peint lui avait semblé être la meilleure idée de toute sa vie. Ce souvenir l'emplit de joie, petite victoire sans doute pathétique : les fleurs de la tapisserie sous ses doigts, le mauvais goût de sa mère, déchiré, en lambeaux. Sous le mensonge, sous le malheur, la vérité brute, celle d'un mur en crépi insipide. C'était son corps à elle, l'écrin maternel, ses vêtements, leur vie merdique qu'il avait rogné en quête d'un cœur. Qu'importe les baffes, la toute-puissance de cet instant valait mille claques. Il détestait ce papier peint. Tout ce qui lui plaisait, c'étaient les dessins animés autorisés le week-end et le chat des voisins, Mistigri, qui passait parfois à la fenêtre. Il rêvait d'avoir un animal à lui. Une boule de poils qui puisse le comprendre sans parler. Il aimait la fenêtre de sa chambre, le couvre-lit bleu, entendre sa mère chanter quand elle préparait les repas. Et les vacances dans le Luberon, la maison au sol carrelé, passer l'été pieds nus en maillots de bain, explorer le grenier avec sa sœur, escalader pour manger des glaces sur le toit. Mais tout ça, il ne s'en souvient pratiquement plus.

Élisabeth s'inquiète pour Hervé, elle l'appelle plus souvent, lui demande ce qu'il fait, où il va. Elle et Panya discutent de temps en temps, mais elle ne le partage pas avec Hervé qui s'énerve dès qu'elle prononce le nom des

Kobon. Il l'a même forcée à jeter son pot de crème, elle lui a promis de le faire, et ne lui a pas dit qu'elle avait pris goût à l'onctuosité de cette crème, à ce geste matinal quotidien. Elle lui a menti, elle a dit :

— Si tu savais comme je m'en fous de toute façon.

Et puis elle l'a caché dans la poche intérieure de son grand sac marron, son fourre-tout où elle ne retrouve jamais rien, ni Labello, ni lunettes, ni carnet, ni chéquier. Hervé l'a vu un jour en fouillant pour trouver son paquet de mouchoirs. Il l'a jeté lui-même. Elle ne lui a jamais rien dit. Elle a pris l'habitude de le laisser fouiller dans ses affaires mais aussi de la musique rythmée de ses insultes, de ses explosions furieuses pour un oui ou pour un non, dès qu'elle aborde le problème de l'alcool ou de son tempérament abattu. L'appartement est devenu un champ de mines où elle se déplace sur la pointe des pieds. Quand elle le trouve plus calme, elle supplie Hervé de faire la paix avec les voisins, elle lui dit que cette histoire prend des proportions pas possibles, que Billy va très bien. Il ne répond plus.

Hervé a établi un agenda lui permettant de ne plus croiser la famille de Laurent, il a relevé leurs heures de passage en se postant à la fenêtre toute une semaine à horaires réguliers. Il ne supporte plus la voix des enfants dans la cour, leurs jeux de ballons, les voir passer à vélo, jouer au tennis parfois, comme s'ils s'étaient appropriés la partie commune. Ils n'ont qu'à jouer sur leur balcon ou aller se promener, se dit-il. Au lieu de ça, cette joie affichée bien haut est une provocation directe, et le bruit saturé de leur clameur quasi bestial. Il aurait voulu être chasseur, les tirer à la carabine de sa fenêtre.

Son antre s'est rétréci peu à peu, il se sent agressé, poussé dans ses retranchements par cet agresseur extérieur, rusé et souvent imperceptible. Leurs odeurs de cuisine, leurs parfums suspendus dans la cage d'escalier, leurs voix dans l'ascenseur, toute la place occupée le force à se soustraire, à se barricader. Il lui arrive de ne plus avoir le goût de rien, ni même celui d'ouvrir la porte. Billy est sa seule raison de sortir.

D'un autre côté, tout l'attire chez eux, il ne s'empêche jamais de lever les yeux vers leur balcon. Il guette Panya, pieds nus, dansant sur la table, Laurent et ses enfants, il se demande ce qu'il leur apprend, ce qu'il leur dit. Il se demande s'ils ont progressé à la trompette, si la petite Jeanne a toujours son sens de l'humour. Il imagine Laurent s'il devait un jour apprendre, lui aussi, que ses enfants ne lui survivraient pas, sa tête ce jour-là, le jour du drame hypothétique, le pire des drames, la perte d'un enfant, la mort du cœur. Il imite la discussion qu'ils ont avec leur femme de ménage, comment il lui parle, quels ordres ils lui donnent, leur contentement lorsqu'ils trouvent leurs vêtements, pliés et repassés dans leurs armoires d'arrivistes. Il pense à leur étage supérieur, à leurs regards condescendants sur lui et son monde de raté. Un voisin de trop, se dit-il comme un mantra. *Un voisin de trop, et ce n'est pas moi. J'étais le premier.*

Un plafond les sépare, il sait quand ils rentrent, quand ils jouent, quand ils dînent, quand ils dorment. Il croit même savoir quand ils baisent. Il s'invite chez eux, dans sa tête, quand ils ne sont pas là, il se voit allongé dans leur canapé d'angle, les pieds sur la table en bois recyclé, prendre un bain, dormir dans leurs draps. C'est l'impossible coexistence humaine, une lutte néfaste entre lui et tous les autres. Il n'ose pas crier chez lui, de peur qu'ils l'entendent, qu'ils le jugent avec ses disputes, ses chansons et sa petite vie.

Hervé s'applique à finir son puzzle. Quand il le termine après quelques jours, il le décompose méthodiquement, puis recommence. La semaine passée, il a ressorti les albums. Sur les photos, il ne croit plus aux sourires. On dirait une publicité mensongère, cette version de lui. Pourtant il était heureux. Il caresse le visage de Paul sans pleurer.

Au bout de quelques semaines, Élisabeth commence à lui proposer d'autres occupations que son puzzle, elle insiste pour qu'il sorte, qu'il fasse du sport. Hervé lève les yeux vers elle. Il lui attrape la main et la caresse lentement à l'aide de son pouce. Avec un sourire sincère il lui dit :

— Justement, je dois voir des amis tout à l'heure.

30

Il a attendu qu'Élisabeth parte pour s'habiller. Un jogging, un col roulé et sa veste en cuir. Il n'a pas emmené Billy, qui l'a regardé sans comprendre. Juste une caresse appuyée sur la tête, et deux mots :

— Je reviens.

Un des gars du Perroquet qu'il connaît vaguement – bourré une bonne partie de la journée – lui a parlé de son neveu Rémi, qui traîne souvent au square de la Mairie. Un bon gars qui rend des services pour payer les soins médicaux de sa mère sous chimio. Drogues « et autres ». Hervé y a repensé la nuit dernière et n'a plus fermé les yeux. Il n'est plus à une nuit près de toute façon. Il a commencé à réfléchir à une nouvelle occupation, quelque chose de jouissif comme un secret, un bonbon, une barre de chocolat rien que pour lui, à savourer en silence.

Le square est dépeuplé d'enfants et de mères fatiguées, pas de nounous, pas de sans-abri, ni de couples adultères. Il y a seulement un petit groupe de jeunes. Ils doivent être quatre ou cinq, se charrient gentiment, se traitent de « fils de pute », boivent des canettes de coca, et mangent des Chipster. L'un d'eux est assis sur son scooter, garé au milieu du square. Les autres sont sur un banc. Quel âge ont-ils, s'interroge le retraité : la vingtaine ? Ils ont une enceinte portative et écoutent de la musique. L'un d'eux, grand brun en maillot de foot et jean troué au genou, fait des pas de danse et des figures acrobatiques. Un autre le chambre, lui jette une canette dessus. Ils se disputent comme des frères, ceux qui se reparlent après. Hervé les regarde un long moment, il fait semblant de pianoter sur son téléphone. Il sait que Rémi est rasé avec un tatouage sur la tempe. Il l'a repéré dans le lot, c'est celui qui se tient assis sur le scooter. Quand ils ne sont plus que trois, Hervé se lève et s'approche du groupe. Il est impressionné par cette jeunesse hardie et expansive. Est-ce qu'ils vont se foutre de sa gueule, le tabasser ? Il n'a pas le choix, c'est son seul espoir de changer les choses, de prendre sa revanche.

— Rémi ?

Les adolescents se taisent et se tournent vers lui. Rémi, moustache légère, yeux bleu acier, tatouage sombre, survêtement rouge et noir, le regarde de haut en bas.

— Qui le demande ?

Hervé ravale ses peurs et crache ses tripes, sa liste au père Noël. Il explique qu'il est ami avec son oncle, qu'il a un peu d'argent, pas beaucoup mais de quoi les payer pour un petit service. Il raconte le chien, la morsure, l'envie de vengeance. Personne ne juge sa colère, ils demandent :

— Combien et pour quoi faire ?

C'est la question qu'Hervé s'est posée : pour quoi faire. Le tabasser gentiment à la sortie de sa voiture hybride, avec les poings ou plutôt les pieds, comme il s'en est pris à Billy, oui des coups de pied dans son ventre, dans ses genoux, qu'il saigne un peu, qu'il garde des bleus, pour lui faire passer l'envie de sourire. Des anonymes, la mauvaise heure, le mauvais jour, une histoire de karma. Il a dit qu'il avait 200 euros. Les gamins ont râlé. Rémi a dit :

— Laisse tomber, on tabasse pas pour ce prix-là.

Un autre a dit :

— En plus, on tabasse pas. C'est pas notre truc.

Ils ont regardé les nippes d'Hervé, ses cheveux gras, son allure de retraité fauché, sa gueule de peluche qu'on aimerait serrer dans ses bras pour la consoler. Hervé a dit que c'est tout ce qu'il avait, il a mis les mains dans ses poches, il ne cachait pas sa déception. L'un des jeunes a dit :

— OK, j'ai une idée.

31

En rentrant chez lui, Hervé sifflote un air qui lui trotte dans la tête depuis la veille. Il ne sait plus ce que c'est, il demande à sa femme qui regarde la télé. Une émission de jardinage en replay. Il l'embrasse dans le cou. Elle ne reconnaît pas l'air. Il continue de siffler gaiement, fait réchauffer les restes de curry au micro-ondes, avec crème allégée puisque Élisabeth l'a délicatement mis au régime. Depuis quelques jours ses portions ont diminué, les desserts ont été troqués contre des fruits, et tous les gâteaux ont déserté son placard préféré. Idem avec les bouteilles. L'eau et les bières sans alcool prennent toute la place dans le frigo. Ce soir, Hervé s'en cogne, il sait que quelque chose de formidable l'attend grâce à ses chevaliers de l'ombre. En faisant la vaisselle, il se dit *Rira bien qui rira le dernier*. Il s'allonge à côté d'Élisabeth devant le petit écran. La voix de l'animateur le berce, il s'endort dans un champ d'œillets multicolore.

Cette nuit-là pas d'insomnie, il se lève simplement à 4 heures du matin pour boire de l'eau, tend l'oreille, n'entend rien, même pas ce con de Vanille qui doit dormir dans son panier en velours, et rejoint vite le lit conjugal à côté de sa femme endormie. Il a hâte qu'il soit déjà demain.

Quand il ouvre les yeux, il est 9 heures passées, il se rendort jusqu'à 10 heures. L'odeur du pain grillé d'Élisabeth s'échappe de la cuisine, il la trouve là, dans sa robe de chambre indienne, kimono floral bleu et rose, dégoté dans une boutique parisienne après ses cours. Il fait tout pour ne pas lui paraître bizarre, elle le connaît par cœur, il cache comme il peut son excitation, sa curiosité croissante. Ce matin, ses genoux ne lui font plus mal, il prend quand même ses cachets, offre un morceau de sa tartine à Billy sous la table. L'air de rien, il demande :

— Tu fais quoi aujourd'hui ?

— Ben rien, c'est dimanche.

Hervé se met à rire, comme si c'était vraiment très drôle, il se passe une main sur le front, il transpire. Il a hâte, il faut qu'il sache. Il avale son petit-déjeuner, allume les infos, rien de nouveau sous le soleil : chômage, accidents, escarmouches politiciennes. Il zappe. « Turbo », quel véhicule va le plus vite entre une Mini Cooper et une trottinette électrique ? Il zappe. Emission d'un présentateur hystérique, il zappe. Messe télévisuelle avec chants religieux, il s'apprête à zapper mais pose son regard sur les images qui défilent. Le prêtre regarde au travers de l'écran, dans son aube blanche et jaune, les cheveux blancs, il regarde Hervé dans le fond des yeux, parle de la mort de Jésus. Normalement toutes ces paroles l'emmerdent, mais ce matin, c'est Dieu qu'il guette à travers l'homme saint.

— Marqués par l'Esprit saint, vous êtes rendus capables d'entendre et de comprendre la Parole que le Seigneur vous adresse, elle vous révèle que vous êtes les porteurs de cette joyeuse présence de Dieu. En vérité, en vérité, je vous le dis, vous pleurerez et vous vous lamenterez, et le monde se réjouira : vous serez dans la tristesse, mais votre tristesse se changera en joie.

L'image grainée, en gros plan du père, de sa bouche qui s'adresse à Hervé, rien qu'à lui, de ses mots comme des promesses. Son oracle, sa pythie, en couleur et en 16/9.

Le Seigneur ton Dieu est au milieu de toi, héros sauveur!
Il exultera pour toi de joie, il tressaillira dans son amour;
il dansera pour toi avec des cris de joie.

Élisabeth attrape la télécommande et zappe sur la météo. La carte de France est saturée de soleils.

— Enfin ! Du beau temps.

Hervé se dit que c'est peut-être grâce à Dieu, ou à lui. Il se lève.

— Je vais prendre une douche.

Il ajoute en repassant une tête par l'embrasure de la porte de la salle de bains :

— On pourrait aller se promener au bois de Vincennes… Tu peux mettre ta petite robe verte, celle que j'adore ?

— Il fait trop froid.

— Avec des collants, et ton chandail.

Élisabeth le regarde, amusée. Il se retourne et fait claquer sa serviette de bain sur ses fesses, pour la faire rire. Une renaissance à la Jésus-Christ, pense-t-il.

— Allez ! À la douche.

La sonnerie de son téléphone portable la fait sursauter. Elle se lève et se demande où elle l'a mis, le temps de le chercher, comme d'habitude, elle manque l'appel. Au bout d'un moment, elle finit par mettre la main dessus, dans la poche de son kimono. Elle enfile ses petites lunettes de vue et lit : Siméon. Elle rappelle. Il lui raconte, elle écoute, finit sa chicorée, s'en fait une autre, regarde par la fenêtre, retire ses lunettes. Elle dit :

— Je peux faire quelque chose ?

Hervé n'entend rien sous la douche fumante, il songe à préparer des sandwichs, lui faire l'amour près du lac Daumesnil, à l'abri des regards. Soulever sa robe verte, passer sa main entre ses cuisses, lui demander de lui donner un cours d'anglais, se faire punir comme un mauvais élève qui n'aurait pas bien révisé sa leçon. Ses rêveries érotiques prennent fin lorsque Élisabeth tire le rideau de la douche d'un coup sec. Il n'aime pas quand elle fait ça, quand elle envahit son espace, sans rien lui demander, sans s'excuser, comme s'il n'existait pas, qu'il ne comptait pas. Elle fait ça de temps en temps, quand il est aux toilettes, assis sur le trône, et que l'envie d'échanger est plus forte que le respect le plus basique. Elle fait ça aussi certains matins, quand il lui arrive de dormir tard à cause d'une insomnie ou de mauvais rêves, et qu'elle décide qu'il est l'heure de se lever. Il déteste quand les rideaux s'entrouvrent, que la lumière irradie sur lui et qu'il doit enfouir sa tête sous l'oreiller pour chercher l'obscurité.

— Les Kobon se sont fait cambrioler ! Siméon a entendu du bruit et vu deux mecs cagoulés repartir en scooter. Il a pris une photo mais elle est floue.

Hervé mime la surprise, il lui dit :

— Laisse-moi au moins sortir de ma douche, j'arrive.

Il ferme les yeux un court instant, savoure. Il a peur aussi. Vite, il s'habille et rejoint Élisabeth, postée à la fenêtre. Siméon est dans la cour, il parle avec deux policiers. D'autres voisins sont penchés sur leurs balcons. Les Kobon arrive à ce moment-là, habillés sur leur trente et un.

— Ah ben voilà Panya et Laurent, regarde. Ils devaient être à la messe.

Hervé tire sur le rideau.

— Écoute, on va pas les regarder comme deux commères.

— C'est toi qui me dis ça !

— Je vois pas de quoi tu parles, dit-il en haussant les épaules, tirant les rideaux l'un vers l'autre pour les réconcilier.

Billy aboie. Le petit groupe entre dans le hall, monte en ascenseur. Billy aboie. Des pas au-dessus de leurs têtes. Les mains moites d'Hervé attrapent le petit corps du chien, il dit au creux de son oreille :

— Chut…

Billy aboie. Élisabeth a l'œil collé au judas.

— Allez arrête, tu l'appelleras tout à l'heure, ça sert à rien ce que tu fais. Viens, on va se promener.

Il laisse sa femme dans l'entrée, pose le chien et attrape le pain de mie, le jambon, le St Môret pour commencer à concocter le déjeuner. Ensuite, il glisse les sandwichs dans un sachet hermétique, les met dans un grand sac en toile, y ajoute un pack de bières 0 %, deux compotes et une gourde. Euphorique, il se remet à siffler l'air de la veille.

32

C'est le paradis, se dit-il, en caressant les jambes laiteuses et glacées de sa femme. Adossés à un vieux chêne, ils se tiennent côte à côte, un sandwich à la main. Élisabeth regarde les branches se découper sur le ciel bleu et blanc, au-dessus d'eux. Même avant la mort de Paul, elle avait cette habitude de marcher la tête relevée pour observer les arbres défiler sous le ciel, un autre point de vue, une autre façon de voir le monde clamait-elle. C'était sa façon de se révolter en refusant de baisser les yeux vers les trottoirs gris, les excréments, les déchets, l'ordinaire. Là-haut, tous les possibles.

Hervé a tout prévu, un jeu de cartes, le petit poste de radio, les lunettes de soleil. C'est l'été indien qui n'en finit pas. Après une partie de crapette endiablée, ils s'allongent sur le dos, enlacés.

Élisabeth dit :

— J'ai froid.

Hervé a le cœur qui bat. Il pense au coup de téléphone de Siméon. Sa main remonte sous la robe d'Élisabeth. Il revoit les Kobon et les policiers pour les cueillir. Il fait glisser ses collants. Leur air grave lorsqu'ils ont traversé la cour dans leurs tenues dominicales. La culotte en dentelle de sa femme, terre promise. Ses doigts sous l'élastique fatigué. Infiltrés ses doigts, amoureux, jamais résignés. La tête de Laurent qui tourne la clé dans sa serrure, son cri de surprise. Il embrasse Élisabeth sur la bouche, passe sa main sous ses bretelles.

— I want you.

Elle jette un regard autour, pour vérifier qu'ils sont seuls.

— On ne devrait pas, si quelqu'un vient ?

— There is nobody. Nobody at all.

— But I'm cold.

— Please…

Il baisse sa culotte, retire son pantalon et son caleçon taille XL. Sur un tapis de feuilles, ils font l'amour à des milliers de kilomètres l'un de l'autre. Ce n'est pas Hervé qui brûle, c'est sa colère, sa tristesse, sa mélancolie. Une vague bilieuse, destructrice, méchante, mauvaise, sale entre en elle. Un mensonge, un homme masqué, qui fait semblant de rire, qui prétend être encore en vie. Sa jeunesse a foutu le camp, il ne se reconnaît plus, il ne sait plus qui il est. Ses pulsions le dominent, au fond du petit bois, près du lac de Daumesnil, il l'aime comme si c'était la dernière fois. Elle agrippe ses mains à son dos, lui parle sans mots, oublie le plaisir, oublie son ventre gonflé, ses yeux déserts, n'ose pas lui demander d'arrêter. Elle ne dit rien, et Françoise Hardy chante, et Hervé pleure dedans alors qu'Élisabeth le voit sourire. Sous l'arbre centenaire, celui qui a tout vu, deux corps nus, sans têtes et sans cœurs, deux enveloppes vides.

Hervé roule une cigarette, Élisabeth reboutonne sa robe, remet ses collants, son pull, son manteau. Elle ramasse tout, se lève, lui tend sa main pour qu'il se lève. En sortant du parc, elle lâche sa main, repense aux voisins.

— J'ai quand même envie d'appeler Panya, savoir comment ils vont…

— Si tu veux.

Il la joue désinvolte mais n'attendait que ça, qu'elle finisse par craquer de sa curiosité excessive. Son téléphone sur l'oreille, Élisabeth trépigne tandis qu'ils attendent le bus 325. Panya répond tout de suite. Élisabeth lui demande ce qu'il s'est passé, si elle va bien, si elle a besoin de quelque chose. Hervé espère qu'ils pourront y aller, il aimerait tellement voir le résultat de son caprice à 200 euros. Le bus arrive, ils montent, compostent leurs tickets sagement sous le regard approbateur du conducteur. Ils s'asseyent au fond du bus pratiquement vide. Élisabeth raccroche.

— Alors ? demande Hervé, presque sans oxygène.

— C'est pas la joie. Ils ont pris tous les objets de valeur : la télé, les ordinateurs portables, de l'argent, même les médailles de baptême des enfants. Apparemment, ils ont tout foutu par terre, cassés des trucs, tagué les murs. Elle était en pleurs. La pauvre.

Hervé hoche la tête.

— Tant qu'il leur reste un peu de crème…

Il se met à rire, mais elle le regarde stupéfaite.

— Oh…, il se reprend, tu veux qu'on passe les voir ? Qu'on leur achète des fleurs ? C'est toi qui sais ce qu'il faut faire dans ces cas-là, pour remonter le moral aux gens.

— Je croyais que tu ne voulais plus jamais les voir.

— Ben oui, je veux pas les voir, je dis juste que si tu crois qu'il faut, pour cette fois je suis d'accord.

Elle le regarde sans rien dire, il s'agace, soupire, a peur qu'elle comprenne, qu'elle lise en lui, entre ses lignes pleines de fautes.

— Bon ça va, fais comme tu veux à la fin.

Il se retourne vers la vitre et regarde les bagnoles défiler, le cœur battant. Élisabeth ne dit rien, ses mains posées sur sa robe verte, son alliance fine et discrète toujours autour de son annulaire, son cabas sur les genoux. Elle détourne son regard de lui.

33

Ils sonnent à leur porte. Élisabeth tient une boîte en carton de chez Michel Fabre avec des macarons à l'intérieur. Hervé se tient derrière elle, un peu en retrait. Panya ouvre. Elle semble étonnée de les voir là tous les deux, en tenue de pique-nique, la mine contrite, du sucre comme pansement. Elle hésite, voudrait les congédier, les remercier et leur dire à plus tard, mais elle s'y prend mal, n'ose pas, finit par les inviter à l'intérieur, pour voir l'étendue des dégâts. Hervé salive à l'idée de voir la concrétisation de son scénario. Tout est mis à sac, l'appartement à l'envers, retourné, éventré, humilié à son tour. Les vêtements vomis des commodes, les jouets jetés çà et là. Plus de télé, plus de signes extérieurs de richesse, sauf les canapés dont les coussins gisent au sol sans dignité à côté des quarante-cinq tours de Laurent. Ils ne valent plus rien, la musique rabaissée à son plus simple appareil. Les lampes ne tiennent plus droit, le papier peint est écorné, les plantes ont pleuré leur terre.

— Ils ont même bousillé le balcon.

Le couple suit leur hôtesse, enjambant les objets personnels telles des ordures. Ils rejoignent l'extérieur où tout a été cassé jusqu'à la guirlande colorée.

— Je ne comprends pas pourquoi ils ont fait ça. Qu'ils prennent l'argent, OK, mais pourquoi avoir tout saccagé ?

Panya a les larmes aux yeux. Hervé jurerait qu'elle lève les yeux vers lui plus longtemps, qu'elle le sonde de ses pupilles noires baignées de fausses larmes. Hervé retourne au salon, il guette son ennemi numéro un, s'égare dans le couloir, s'approche des chambres. La porte entrouverte d'une chambre d'enfant, Jeanne joue avec un jouet cassé. Elle fait rouler la tête de Captain America et la remet sur le corps tricolore puis la fait rouler de nouveau. Quand elle voit Hervé, la petite fille ne dit rien. Ils échangent un long face-à-face, tous les deux mutiques, chacun surpris dans son intimité, son imaginaire. Hervé entend la voix de Laurent qui sort de la chambre parentale, son fils dans les bras. Sa mâchoire se relâche lorsqu'il aperçoit son voisin grisonnant, planté devant la chambre de sa cadette. Heureusement, Panya et Élisabeth les rejoignent. Panya dit à Laurent, en essuyant ses larmes :

— Regarde comme c'est gentil, Hervé et Élisabeth ont apporté des macarons pour nous remonter le moral.

— Ah. Merci à vous.

Laurent se gratte la tête. Hervé craint d'éveiller des doutes, il se force à sourire, fait demi-tour vers le salon.

— Quelle bande de salopards quand même. Des dégénérés !

Il pense faire bonne figure, créer du lien, être empathique. Au moins apaiser son rival, lui faire croire qu'il est de son côté. Les gens sont prêts à tout gober pour l'illusion d'un peu de gentillesse. Il attrape la main de sa femme, prend les rênes. Tel un torero, sûr de lui, le torse bombé, il regarde le taureau blessé, agenouillé dans l'arène. Fièrement, il attrape la poignée de la porte d'entrée et dit :

— Allez, on ne vous dérange pas plus. Bon courage surtout.

Un léger sourire aux lèvres, Hervé regarde Vanille de l'autre côté de la pièce, hargneux et soumis. Élisabeth le suit, elle ajoute tendrement :

— N'hésitez pas si vous avez besoin, vous savez qu'on n'est pas loin.

Elle embrasse Panya, fait un signe de la main aux enfants, un sourire à Laurent et claque la porte derrière elle en s'engouffrant dans le hall.

Hervé n'ose pas rappeler Rémi, il voudrait le remercier, savoir comment ils s'y sont pris, ce qu'ils ont trouvé, à qui ils vont le vendre, s'ils vont garder les médailles des enfants, les bijoux de Panya, ses bagues, ses petits colliers, les draisiennes, l'appareil photo familial avec leurs souvenirs à la con, les fringues et les instruments. Il se demande si Rémi va se mettre à la trompette, avoir une révélation, devenir un grand musicien, et tout ça grâce à lui.

De retour, son appartement lui paraît plus grand, limite agréable. Chaque objet est à sa place, il n'y a rien en trop, rien qui dépasse. Une vague de contentement le submerge, plein de cette vengeance, il se passe en boucle le regard de Laurent désarmé dans son salon apocalyptique.

34

Depuis, il retourne au square tous les jours. Il fait un signe discret à Rémi et aux autres, comme s'il faisait partie de la bande. Avec eux, pas besoin de sourire ou de parler, il leur dit « Merci » à sa façon, silencieusement, avec les yeux, en venant s'asseoir sur le même banc, Billy couché à ses pieds. Une fois, il a apporté des bières mais ils ont dit qu'ils ne buvaient pas. Un seul a accepté d'en prendre une. Au bout d'un moment, les jeunes ont dû changer de square ou d'habitudes, ils ne sont plus revenus. Hervé s'est demandé s'ils avaient déménagé ou si c'est lui qui avait fait preuve de maladresse. Il a continué à venir s'asseoir sur son banc, boire ses bières, fumer ses cigarettes en regardant les autres.

La satisfaction a été de courte durée. De nouveau, les rires, la musique le soir et les week-ends, les jours fériés, les dîners entre amis, les fêtes d'anniversaires, les ballons aux fenêtres et jusqu'à la porte d'entrée de l'immeuble comme s'il leur appartenait désormais. Hervé constate que c'est pareil que les fourmis, tu crois les avoir chassées mais elles finissent toujours par revenir. Il aurait dû frapper plus fort, s'en prendre au chien. Un cambriolage c'est banal, c'est pas de chance, c'est pas grave. Même les matérialistes peuvent relativiser. Mais la perte de quelqu'un d'aimé, personne ne s'en remet.

Entre les publicités pour les jambes lourdes, la protection des animaux, la fondation contre le cancer et les appels de charges, une enveloppe crème en papier vélin, carrée. L'écriture au stylo noir dit « Élisabeth et Hervé Dufour ». Hervé l'ouvre tout en prévenant Élisabeth qu'il y a du courrier. De ses doigts larges, il parvient à déchirer l'enveloppe et à en extirper un petit carton d'invitation, accompagné d'un dessin d'enfants. Des bonshommes aux traits incertains se donnent la main. Une sorte de farandole humaine, dégueulis de couleurs mal maîtrisées sur fond d'immeubles rectangulaires sans franche perspective. Les arbres ressemblent plutôt à des bottes, les feuilles sont des points et les oiseaux de vulgaires V. Un dessin d'enfant, rien ne peut lui faire plus plaisir et plus mal à la fois. Rien ne peut déclencher une émotion si ambiguë. Élisabeth se penche au-dessus de son mari.

— Qu'est-ce que c'est ?

Elle saisit le dessin avec un sourire attendri. Hervé lit la carte :

À défaut de la fête des voisins habituelle, nous serions ravis de vous inviter à la maison pour mieux faire connaissance.
Rendez-vous le samedi 30 octobre à 18h, bâtiment B, 3ème étage gauche.
Venez les mains vides. RSVP.
Panya, Laurent et les enfants Kobon.

Encore eux et leur comédie mielleuse. Élisabeth le regarde.

— Tu veux qu'on y aille ?

Il ne peut pas dire non après avoir accepté de retourner chez eux juste après le cambriolage. Il ne peut pas dire oui. Rien que l'idée de monter cet escalier de malheur ravive son eczéma. Il gratte sa main droite à l'aide de la gauche, fait une moue.

— Et toi ?

— Je sais pas, on peut juste passer, pas longtemps ?

Évidemment qu'elle veut y aller, se pomponner, se travestir, le voir, le toucher, l'écouter parler et rire, regarder ses dents blanches et son appartement remis en état, bouffer ses petits-fours, toucher sa main par mégarde, dans le même pot de cacahuètes, dire « oh pardon », glousser tout bas, regarder l'autre en coin, croiser les jambes et les décroiser, ultime appel à la *Basic Instinct*. Il n'en revient pas qu'elle n'ait toujours pas compris qu'il fallait choisir entre eux deux, avoir le courage de prendre parti. Sa rage bouillonne à l'intérieur de lui, mais il se contient. Il n'a pas dit à Élisabeth qu'il se sentait fiévreux depuis la morsure, il n'a pas parlé de la colère qui gagnait petit à petit chacun de ses organes, qui prenait possession de son système nerveux tout entier. Il n'a rien dit pour ne pas l'effrayer.

— Allô la terre ?

— Hein ? Ah oui, oui, parfait, passons.

Élisabeth lui offre un grand sourire et s'empresse d'envoyer sa réponse à Panya. Ses doigts s'agitent vivement sur le clavier.

On sera là avec plaisir ! Bises, E&H

35

Le 30 octobre, un peu avant 18 heures, Hervé simule une migraine ophtalmique. Recroquevillé de son côté du lit, il geint tout en prenant soin de ne pas trop en faire. Élisabeth se tient debout, les mains sur les hanches. Elle s'est attachée les cheveux en chignon, a enfilé un pull qu'il ne lui connaissait pas, un pull turquoise en grosses mailles. En bas, un jean blanc et des boots.

— Donc t'es malade ?

Hervé se retourne péniblement, fait mine d'ouvrir les yeux avec difficulté.

— J'ai une de ces migraines.

— Peut-être parce que t'as trop bu ?

Il râle.

— Non, pas du tout, j'ai rien bu.

— Si, j'ai vu les bières vides.

— Vas-y sans moi, tu me raconteras.

Elle soupire, s'assied près de lui, met son front contre celui d'Hervé pour vérifier sa température.

— T'inquiète pas pour moi, souffle-t-il.

Il voit bien qu'elle hésite, il aimerait tant qu'elle reste avec lui, qu'elle lui prépare un bouillon, lui propose de regarder un vieux film. Au lieu de ça, elle finit par se décider à y aller quand même. Pas longtemps. Pour ne pas annuler au dernier moment. Il ne se retourne même pas pour la regarder partir. La migraine le gagne cette fois pour de vrai. Il attend dix minutes avant de se relever. L'arroseur arrosé ! Il était sûr qu'elle serait restée, la voilà en train de faire la bise à qui veut bien à l'étage du dessus. Une nouvelle fois, il se sent trahi. Il va chercher son papier à rouler, son tabac, un briquet, la bouteille de whisky qu'il s'est achetée un peu plus tôt dans l'après-midi. Il s'assied en tailleur sur le lit. Ses genoux lui font mal. Il boit une gorgée qui le brûle et le soulage. Il roule sa clope, l'allume, fait des ronds de fumée, des signaux de détresse d'Indien. S.O.S. Il sort la photo abîmée de Panya, à force d'être pliée et repliée, la regarde longuement, la caresse. *Tu prends ma femme, je prends la tienne*, se dit-il, bourré. Avec son briquet, il met le feu à la photo. Panya s'embrase nonchalamment. La fumée noire le fait tousser. Pris d'un remords, il souffle dessus et finit par la sauver. La moitié du visage calciné, Panya sourit encore dans son maillot violet, avec sa petite bretelle tombée le long de l'épaule. Il remet la photo à sa place, dans la poche de son jean. Pour oublier les pas, les voix de ses chers voisins, tous les traîtres qui boivent le champagne de Laurent, pour oublier que sa femme fait partie des salauds, qu'elle rit avec eux, danse avec eux, trinque avec eux, le laissant seul, moribond, encore et toujours abandonné… Il boit docilement la bouteille tout entière. Il ne sort pas Billy, ne dîne pas, ne fait rien. Il attend de quitter son corps. Aller simple vers le non-être. Il n'entend pas Élisabeth rentrer, ne voit pas qu'elle le relève, à bout de forces, qu'elle le traîne jusqu'au lit, qu'elle jette la bouteille vide en pleurant. Il finit par la voir gesticuler, crier, lui demander pourquoi, lui dire qu'elle n'en peut plus, qu'il faut que ça change. Ses lèvres bougent mais les mots n'ont aucun sens.

— Vous parlez quelle langue ? il demande en riant sans pouvoir s'arrêter.

Il plane entre les toits d'Alfortville, flotte entre les bouteilles vides, les bikinis violets. Quand il s'aperçoit que son Élisabeth est en larmes, il se met à aboyer comme un dingue, de toute sa gueule. Un hurlement de loup.

36

Novembre.

Il a eu beau lui jurer qu'il allait calmer le jeu, elle a pris rendez-vous avec l'addictologue. Manquait plus qu'un médecin avec ses certitudes de singe savant, sosie de François-Xavier Demaison, entre deux orchidées sédentaires. Lunettes en plus. Pourquoi ont-ils tous des lunettes ? Il ne veut pas être là, regarde la porte fermée, si facile à ouvrir. Son père l'a bien ouverte lui, la porte. Son père dont il ressasse l'image vague pour rien. Élisabeth le considère gravement, elle a fait le résumé de la situation au docteur et maintenant, ils attendent tous les deux qu'Hervé dise quelque chose. L'homme se penche vers lui, il articule doucement, demande :

— Est-ce que vous préférez qu'on parle tous les deux ?

Hervé ne répond pas. Élisabeth interprète ce silence et quitte sa chaise.

— Je t'attends dehors. Prends ton temps.

Hervé regarde ses chaussures, il n'a plus la force de lever les yeux, d'affronter la vie.

— Hervé, vous comprenez que cette situation ne peut plus durer ? Je sais que vous souffrez, mais vous pouvez guérir. Je crois que… Je crois que Paul n'aimerait pas vous voir si malheureux. Pour Paul, pour Élisabeth, il faut vivre.

Il hausse les épaules, François-Xavier Demaison le regarde toujours. Il voudrait lui dire de ne pas parler de son fils, que son fils, il s'en fout de le voir malheureux, que là où il est, il n'a rien à dire, que personne n'a rien à dire, que cette douleur il y a droit, qu'elle lui est due. Il a quatre ans, un an, six mois quand il se met à pleurer, secoué par les sanglots, les bras ballants, sans même cacher son visage bouffi et rouge. Il ne sait plus parler, il peut seulement pleurer. Un torrent incontrôlable, celui d'une vie, un tsunami. Il a simplement besoin qu'on le prenne dans les bras, qu'on le rassure, qu'on le porte bien haut pour qu'il ne sente plus son poids.

80 euros et une prescription. Élisabeth l'accompagne à la pharmacie acheter le baclofène qui l'aidera à contrôler ses pulsions. Il baisse les yeux quand le pharmacien lui tend le paquet.

D'abord il ment, il se cache pour boire, rêve de whisky, de vodka, d'un demi en terrasse. Élisabeth devient son ennemie, elle qui le guette et l'épie, le traque quand il va faire les courses et qu'il se réfugie sous le porche d'un immeuble pour boire en secret. Élisabeth s'agite, n'en peut plus, lui dit que c'est terminé, que c'est elle ou l'alcool, que s'il n'arrête pas, elle fera sa valise et elle le lui dit en le regardant droit dans les yeux :

— Ça, je te le promets.

Il ne veut pas la perdre. Pendant trois semaines, il ne boit plus une goutte. C'est dur mais il s'accroche, persuadé que c'est sa dernière chance avant qu'elle ne le quitte. Il ne retourne ni au Perroquet, ni au square, il reste chez lui, se promène avec Billy des heures durant. D'abord la nausée, les malaises et la peur. Tant pis. Vingt milligrammes tous les jours, religieusement. Puis soixante-dix et jusqu'à cent quarante. Il a trouvé la foi. Chaque comprimé est une prière. Doucement, l'envie de boire s'efface pour rendre fière Élisabeth, retrouver le goût des choses, la garder près de lui. Et si le médecin avait raison ? Si Paul pouvait le voir ? Hervé commence à y croire un peu. Il se met aux bières sans alcool, aux virgin mojitos, à la menthe à l'eau, achète un autre puzzle. Le rythme lent de la vie le berce comme une mère. À son sein, il tète l'espoir. Il gomme ses zones d'ombre, les troque pour des sourires. Il nage vers la surface de l'eau, quittant ses obsessions, ses pensées noires, sa solitude et la vase du fond de la seine. Il médite, marche des heures. Ses genoux lui font mal mais il se dit que tout finit par passer. Il perd du poids, se trouve mieux physiquement.

Toutes les semaines, Hervé se rend chez le docteur en bon retraité convalescent. S'il a râlé au départ, indiquant à Élisabeth que c'était une dépense inconsidérée, elle lui a prouvé grâce à ses calculs que l'économie des bouteilles d'alcool et le remboursement de la sécurité sociale lui permettraient de se soigner pendant plusieurs mois. D'abord à reculons, le soixantenaire apprécie de plus en plus ces rendez-vous avec François-Xavier qu'il trouve intelligent et compréhensif. Le retrouver sur son fauteuil imitation

Louis XV, le regard plein d'encouragements, ça donne un but à ses journées. C'est peut-être son expérience ou les mots qu'il emploie, mais Hervé ressort toujours plus vaillant. Il est enfin clean après des années d'alcoolisme solitaire. Il se sent propre, prêt à recommencer à zéro. Le médecin ne le juge pas, au contraire, il le félicite, le trouve fort et courageux. L'ardoise est effacée, tout est à réécrire, tout est possible. Il sera président du conseil syndical. Il sera invité chez Pascal et Morgane. Il gagnera au loto. Ils reverront leurs amis, et puis un jour il appellera sa sœur. Ils rattraperont les années gâchées.

Avec Élisabeth, ils ont de nouveaux projets, ils jardinent ensemble, elle lui dit qu'il a du goût et il prend plaisir à l'accompagner quand elle va choisir les fleurs au magasin. Le passé n'existe plus. Un pas devant l'autre sans risque d'overdose. Hervé essaie de penser positivement, d'emmagasiner chaque sourire. Quand il pense aux Kobon, il s'efforce de se souvenir d'autres voisins qui font jaillir de meilleurs souvenirs. Il prend des nouvelles de Siméon, frappe à sa porte de temps à autre. Parfois, il s'incruste une heure ou deux, l'écoute jouer du duduk, boit son thé à la fleur d'oranger et trouve un repos bien agréable dans ces moments d'amitié dénués de toute hypocrisie. Quand il se demande si Siméon voit les Kobon, il se répète *ça ne m'intéresse pas* comme s'ils étaient deux à l'intérieur de lui et que l'autre avait perdu son droit d'aînesse. Le docteur a demandé un jour :

— Ce que vous n'aimez pas chez ce voisin, n'est-ce pas le reflet d'une partie de vous-même ?

Hervé a répondu qu'ils n'avaient rien à voir.

Il fait les exercices recommandés par le médecin, et chaque jour il répète devant son miroir qu'il a confiance en lui. Si Billy semblait le juger au départ, il ne réagit plus et semble même abonder dans son sens. Il se rend compte qu'il n'est pas tout seul, que d'autres vivent des drames comme lui, que d'autres parents ont perdu leur enfant, et qu'on peut continuer à vivre. Il ne veut pas perdre Élisabeth, il est d'accord pour essayer de s'aimer et de se pardonner. Lors d'une consultation, François-Xavier lui dit de se prendre dans les bras et il le fait, et il pleure. De longs sanglots séance après séance qui libèrent son cœur soûl. Clean son cœur aussi. Clean le corps, clean l'esprit, clean les ongles, clean Billy, clean la cuisine, clean la chambre. Hervé récure, à quatre pattes, dans tous les coins, pendant qu'Élisabeth multiplie ses cours d'anglais pour gagner un peu plus d'argent. La bedaine d'Hervé fond comme neige au soleil, et avec la moisissure qui s'étiole, ne restera bientôt plus aucune preuve du passage du malheur dans le petit appartement.

Hervé est décidé à renaître. Il gomme sa peau et l'hydrate, tente de mettre en pratique tous les conseils de son médecin comme un disciple avec son gourou. Il ferait tout pour guérir, tout pour garder sa femme. Tous les matins, il prend une douche glacée puis va marcher une heure avec Billy. Ensuite le petit-déjeuner avec un journal puis un puzzle et le déjeuner. L'après-midi, il s'autorise une sieste et cuisine la plupart du temps pour qu'Élisabeth prenne du plaisir à rentrer chez eux. Il a emprunté des livres de recettes à la bibliothèque. Tous les soirs, ils voyagent. Il lui fait faire le tour du monde. Aubergines à la grecque, galettes bretonnes, accras comme aux Antilles, nouilles thaïlandaises… Élisabeth apprécie de le voir faire tous ses efforts. Elle lui pardonne, lui dit qu'elle est fière de lui, qu'elle savait qu'il allait y arriver. Un jour il a été demandé à la mairie s'il existait des activités pour les gens comme lui. Les retraités. La femme, amusée, lui a dit avec sa voix aiguë :

— Bien sur monsieur ! Tout plein de choses, regardez !

Elle lui a tendu un flyer avec le nom d'une association. Il y avait un événement dans la salle de convivialité du pôle culturel. Il a décidé d'y aller. Tous les lundis, de 14h à 18h d'autres vieux comme lui venaient se serrer les coudes là, sous les lumières led de la mairie. Il est entré dans la salle, intimidé. Il a pensé à repartir mais s'est forcé à attendre un peu. Une trentaine de seniors sur leur trente et un étaient en train de danser tandis qu'un orchestre jouait un air de Christophe Maé. Ça lui a fait bizarre de voir ces têtes blanches à lunettes se déhancher sans rythme. Il a envié leurs sourires, leur facilité à lâcher prise, à se foutre du regard des autres. Deux jeunes bénévoles tapaient dans leurs mains en encourageant les danseurs, un troisième faisait tournoyer une petite retraitée qui se prenait pour une danseuse de flamenco.

— Vous êtes nouveau ?

La voix le surprend, c'est l'accordéoniste qui s'offre une petite pause.

— Oui… Enfin je voulais juste regarder…, répond Hervé.

— Vingt ans que je fais ce métier. Vous allez aimer, ici tout le monde est de bonne humeur, les gens ont juste envie de s'amuser.

Une femme les interrompt, en sueur.

— Bah alors, Jérôme, tu me présentes ton copain ? Je cherche un cavalier.

Hervé perd son sourire, aucune envie de se retrouver à danser la java avec cette inconnue au strabisme prononcé.

— Non, c'est gentil, mais je vais y aller, je suis venu comme ça…

— Ah oui, la prochaine fois il vous faudra des chaussures de pro. Je suis veuve vous savez, depuis deux ans. Sans cette association je sais pas où je serai…

Hervé lui sourit. Il prend son inspiration pour ne pas voir le buffet avec les bouteilles dessus, et puis il tend sa main à la dame.

— Alors, on danse ou on discute ?

Il a hâte de raconter son après-midi à Élisabeth. La cotisation n'est pas chère et ils organisent même des voyages. Tous ces fossiles sont plus sympathiques qu'il ne l'aurait crû. Il sort de la salle en eau. Longtemps qu'il n'avait pas dansé ou ri comme ça. Il leur a promis de revenir et de leur présenter sa femme. Sur le chemin du retour, il se remet à croire aux signes. Il a envie d'exposition, de peinture, oui, de peindre Élisabeth quand elle dort, de la prendre en photo. Il a envie de rappeler les vieux copains, mais il fait attention… Un mois sans alcool. Il a hâte de voir le docteur pour lire le contentement dans ses yeux.

Alors qu'il passe le portail de la cour, son téléphone sonne. Il le sort de sa poche, persuadé qu'il s'agit d'Élisabeth rentrée plus tôt que prévu. Il lit avec étonnement le prénom de sa sœur. Un coup au cœur. Il ne sait pas s'il est content ou inquiet, si elle l'appelle pour une mauvaise nouvelle, une maladie peut-être ? Pourquoi l'appellerait-elle sinon après toutes ces années de rien ?

— Allô ? il demande, le souffle court.

— C'est Anne... Je te dérange ?

— Non. Pas du tout. Qu'est-ce qui se passe ?

— Rien. Je voulais juste t'entendre. Ça fait trop longtemps, tu trouves pas ? Trop longtemps nos conneries. Allô ? Hervé ?

— Oui. T'as raison...

Il déglutit son chagrin. Il est content, il voudrait le lui dire. Sa grande sœur a beau être plus vieille que lui, elle aura toujours sept ans, toujours dix ans, toujours quinze ans. Leurs parties de cache-cache, leurs jeux de cartes, leurs séances cinéma lui reviennent. L'odeur du pop corn grillé dans la cuisine de leur enfance et quand elle l'autorisait à jouer aux Barbies avec elle. Les fois où il pouvait dormir dans son lit quand il avait peur. Le jour où elle a sorti Billy de son sac comme Mary Poppins, et la peluche Pif qu'elle lui avait offerte le jour où elle avait quitté la maison pour de bon. Sa peluche préférée. Il suffit d'un coup de fil, se dit-il en remontant les marches à pied vers l'appartement. Un pas après l'autre.

37

Décembre.

Les arbres nus tanguent sous le cri du vent. Hervé a soif de bière, mais il ne le dit pas. Il a voulu jeter la photo de Panya à moitié brûlée mais se donne encore un peu de temps. Il ne pense presque plus à elle. Il s'est promis de la jeter avant la nouvelle année. Dans son agenda téléphonique, en dehors de la visite chez le médecin, Hervé n'a noté que deux rendez-vous, le café chez sa sœur la semaine prochaine et celui tant attendu de l'assemblée générale qui a lieu ce soir. Élisabeth sent que son mari a le trac. Elle le taquine tandis qu'il boutonne sa chemise jusqu'en haut.

— On dirait Brel avant un concert. Détends-toi, c'est juste une AG !

— Celle-là peut changer beaucoup de choses si je suis élu…

Elle l'embrasse gentiment.

— Après ça, tu pourras m'appeler Monsieur le président si tu veux.

— Très bonne idée, ça te va au poil. Monsieur le président, un blini ?

Élisabeth finit le tarama, affamée. Elle ne semble pas comprendre tout l'enjeu des heures qui se profilent. Cette élection, ce nouveau rôle pourrait donner un but à Hervé, un sens à sa vie même. Il ne serait plus le retraité du bâtiment B, il serait le président du conseil syndical. Tous les voisins devraient se référer à lui, il pourrait les conseiller, les aiguiller, les rassurer quand ils en auraient besoin. L'appartement deviendrait un lieu de passage, on le saluerait avec le sourire dans la cour. Il aurait quelque chose à raconter, un poste, une fonction. Même Aziz gagnerait en respect à son égard. Peut-être qu'il viendrait s'excuser de l'avoir renié. Il pousse un soupir en imaginant cette vie délicieuse, et surtout l'admiration dans les yeux d'Élisabeth. Son mari, président ! Elle s'en vanterait auprès de toutes ses amies. Il pense à son père et il dit tout bas :

— Tu vois, je suis capable.

Tout en se réjouissant, Hervé lace ses chaussures de bal en cuir noir. Les nouvelles qu'il s'est achetées pour les séances de thé dansant. Il sourit, il marmonne. Élisabeth l'interpelle, tout en terminant de se maquiller, son pinceau recouvert de blush couleur pêche.

— Tu parles tout seul ?

Elle le regarde, les yeux écarquillés, comme si tous ses doutes formaient les perles d'un collier subitement cassé. Les perles roulent à ses pieds, le déni s'est brisé. Dans son regard, Hervé lit qu'elle le croit fou.

— Tu m'inquiètes… T'as pris ton curcuma ?

Il est presque soulagé qu'elle le pense simplement vieux. Dégradé. La sénilité, la décrépitude forcent l'attendrissement, l'attention. Élisabeth s'occuperait bien de lui, elle lui donnerait ses repas à la petite cuillère, lui ferait écouter France Gall et les anciens. Elle lui lirait des histoires de jonquilles, lui parlerait de la rose de Damas, lui cuisinerait des quiches au saumon.

Son reflet dans la porte du placard le perturbe, il n'est pas si vieux. Soixante-six ans en janvier, c'est pas encore le tombeau. Il se trouve presque beau en chemise et veste. Ca lui rappelle ses rendez-vous avec le grand patron ou des clients importants.

— Je vais très bien, je parlais à Billy. Hein mon Billy?

Hervé caresse le chien qui se demande pourquoi la veste, le maquillage, les chaussures lacées. Où on va? implore-t-il. Hervé le prend dans ses bras, l'embrasse, lui caresse la gorge. Il regarde Élisabeth, peignée et parfumée dans son manteau d'hiver.

— Elle est belle maman, hein?

— Dis pas ça, j'aime pas que tu m'appelles... maman.

Il se tait, refrène son obsédante envie de boire, sa colère intestine. Il lui en veut tellement de lui jeter ce sous-entendu cruel qui fait renaître sa culpabilité savamment bâillonnée. Il répond tout en posant le chien déçu sur le sol.

— On y va?

— Allez, monsieur le président, en piste!

La porte se referme sur le couple. Billy se précipite, il gratte, supplie, implore mais personne ne l'écoute, comme d'habitude. Il finit par renoncer en entendant leurs pas s'éloigner dans la cour et trottine jusqu'à son panier pour s'y vautrer allégrement.

Dix-huit heures, la lumière a déjà laissé place à la nuit. Hervé et Élisabeth entrent dans l'immeuble où se tient la réunion. Les chaises sont installées à la façon d'une salle de classe pour enfants, les unes à côté des autres, en plusieurs rangées. Face à elles, un grand bureau beige et un ordinateur. La responsable du syndicat de copropriété les salue d'une poignée de main.

— Bonjour Hervé, comment ça va depuis le dernier conseil ?

— Très bien Corinne, dit-il, tout en appuyant sa poignée de main d'un sourire digne d'un grand politicien, espérant que ladite main ne se mette pas à trembler. Et vous ?

Il cherche dans son regard la confidence, elle doit savoir qu'il sera bientôt élu, Pascal a dû lui en parler. Oui ses yeux savent, elle le regarde avec respect, sa poignée de main lui dit d'ores et déjà : *bravo*.

Siméon, Mme Marty, le vieillard du cinquième sont installés sagement sur leurs chaises et discutent à voix basse. Hervé et Élisabeth passent entre les rangs, les saluent. Pascal arrive, sourire décousu, serre la main des copropriétaires et de l'animatrice de la soirée. Tout le monde s'est apprêté. Pascal dit à Hervé :

— On s'en grille une petite avant que ça commence ?

Hervé ne prend pas le temps de prévenir Élisabeth, trop occupée à refaire le monde avec Siméon et les autres. Ils sont déjà en train de s'écharper au sujet de la prochaine commission jardin.

Il fait froid et les réverbères fonctionnent au ralenti. Pascal allume une cigarette et tend son paquet à Hervé qui le regarde sans comprendre.

— T'as repris ?

— M'en parle pas. J'ai craqué. Bordel, faut dire que c'est bon. À quoi bon se refuser les petits plaisirs de la vie ?

Envie de boire. Hervé allume sa cigarette, tire dessus comme une vieille cheminée, fait descendre la fumée jusqu'au milieu de ses poumons. Enfumer son cœur, il sait faire.

— Alors, t'es content ? La vie est plus belle à Asnières ?

— Oh tu sais, l'herbe est pas plus verte ailleurs, on s'engueule tous les jours avec Morgane, elle râle parce que je suis trop bordélique, trop bavard, que je suis pas assez romantique, que je manque d'initiatives, que je lis jamais, que je lui pique ses lunettes, enfin tu connais la chanson.

Hervé ne connaît pas la chanson, il aime la musique de sa vie à deux avec Élisabeth, une fugue de Bach par Glenn Gould, pas de chichis, un concentré d'émotion, deux paires de mains sur un piano noir, et c'est tout.

— Écoute, je voulais te prévenir, dit Pascal, le regard fuyant.

— Quoi ? demande Hervé, sur ses gardes.

— Laurent Kobon a proposé sa candidature pour la présidence.

Hervé ne s'y attendait pas. Sa respiration sur pause. Il aimerait attraper cet hypocrite de Pascal par le col, le secouer comme un arbuste aux fruits gâtés, lui demander : pourquoi ? Pourquoi maintenant ? Mais il reste calme et ne dit rien, tire sur sa clope à la manière d'un acteur américain. Classe. Rester classe. Il faut penser tactique, se dit-il, pour accéder à la présidence, surtout ne froisser personne.

Que Kobon se présente si ça l'amuse, ça ne change rien au fond.

— Rien n'est fait, et je te soutiendrai, tu le sais, hein ? Mais voilà, je voulais pas que tu sois mis devant le fait accompli. Les gens vont voter et on verra bien. T'as toutes tes chances.

Pascal pose sa main sur l'épaule d'Hervé, qui lève les yeux vers lui.

— Y'a pas mort d'homme, OK? Si tu es président, ce sera super, mais si tu ne l'es pas, tu sais, c'est peut-être une chance. C'est beaucoup de boulot, beaucoup d'emmerdes aussi. Crois-en mon expérience.

— Merci mon vieux, dit Hervé avec un sourire. C'est sympa de m'avoir prévenu.

— Allez, entrons, ça va commencer, on verra bien ce que le destin nous réserve. Ah et… Je voulais te dire… Bravo, pour l'alcool.

Il remet sa main sur le haut du dos d'Hervé pour l'entraîner vers l'intérieur de l'immeuble. Hervé ne supporte plus cette grande main déloyale, il voudrait appeler Rémi, lui demander de finir ce faux jeton à la pelle, lui faire une clé de bras, tirer avec un pistolet pile dans la paume, et bon débarras à cette extrémité fourbe.

38

Dans la salle, les corps coexistent, proches les uns des autres et pourtant sans véritables liens. Tous présents pour veiller à ce que leur petit monde survive. Un clan hostile, nuisible, où chacun pense à son intérêt, son bout de terrain, sa part de charges. La colère, la violence, la sauvagerie rampent en silence sous les chaises, autour des sacs et des pompes vernies. Et tout le monde sourit. Laurent est installé à côté de Panya. Il regarde devant lui. Ils ont dû faire garder les enfants par la femme de ménage, elle doit être en train de leur courir après, de leur promettre des dessins animés sur le téléphone s'ils finissent leur gratin. Corinne prend la parole, remettant ses lunettes trop grandes du bout de l'index.

— Voilà pour l'ordre du jour. Avant d'aborder les sujets qui fâchent, dit-elle en gloussant, je vous propose de passer à l'élection du nouveau président de la copropriété ! Comme vous le savez, c'est avec beaucoup de tristesse que nous avons appris la démission de Pascal, qui s'envole vers une nouvelle vie. Pascal qui fut le maillon en or entre cette copropriété et notre syndic. Vous voulez dire un petit mot Pascal ?

Pascal se lève, rougissant pour le principe. Hervé l'aimait sincèrement. Maintenant il le voit tel qu'il est sûrement depuis le début : une marionnette en chiffon qui se courbe et se relève, un épouvantail qui ne dupe plus personne.

— Merci, Corinne. Et oui, vous le savez tous, j'ai envoyé un mail à cet effet il y a quelques semaines pour vous dire que… je m'en vais. *Je suis venu vous dire, que je m'en vais*, chante-t-il. *Et vos sanglots longs n'y pourront rien changer…*

Il rit. Mme Marty pouffe. Hervé regarde Laurent et Panya, leurs dents blanches, ordonnées et trop grandes. Il tourne la tête, ils ne comptent pas. Pascal continue.

— J'ai été heureux de partager ces nombreuses années à vos côtés, de pouvoir vous accompagner au quotidien, sur des questions souvent pratiques, mais non moins essentielles. Vous avez été, le temps de quarante ans, ma famille, avec de nouveaux arrivants, certains partis trop tôt, chacun vos caractéristiques, vos petites habitudes, vos combats propres. J'ai tenté d'être juste, de vous fédérer. Je n'oublierai pas toutes nos fêtes de voisins, nos conseils animés à la maison, et surtout, vos gentils mots qui m'ont beaucoup touché.

Hervé se dit qu'il n'a rien écrit. Élisabeth l'a sûrement fait sans lui en parler, ou peut-être qu'elle lui en a parlé mais qu'il ne l'a pas écoutée, ça lui arrive souvent.

— Il est temps de passer à une nouvelle ère ! Et pour ça, il va vous falloir élire votre nouveau président. J'ai deux candidatures à vous soumettre et ce sont celles de deux hommes. Pourtant le siècle est aux femmes, alors quoi ?

Madame Marty ? Élisabeth ? Vous n'avez pas été tentées ? (Il rit.) Donc, nous avons deux voisins motivés pour le job. Hervé Dufour, que vous connaissez tous depuis le temps, du bâtiment B, deuxième étage. Et Laurent Kobon, nouvel arrivant, il y a quelques mois tout de même, du bâtiment B également, troisième étage.

— C'est celui qu'a repris l'appartement de Mme Hussard ? demande M. Krohn qui parle un peu fort, appuyé sur sa canne.

— C'est ça, oui ! Exactement.

— Ils ont fait beaucoup de travaux, ça a fait du bruit…

Hervé voudrait lui baiser les pieds. Laurent sourit :

— Désolé, monsieur, si on vous a dérangé, on a essayé de faire vite. Mais c'est fini depuis plusieurs mois, vous savez ?

— Comment on fait, demande Pascal à Corinne. À mains levées ? La majorité l'emportera.

— Oui, faisons comme ça, je prends note selon les tantièmes. Vous voulez dire un mot monsieur Dufour ? Monsieur Kobon ? Sinon on peut y aller.

Hervé regarde Laurent. Son discours de remerciements est plié dans sa poche au cas où il gagne, comme les nommés à la cérémonie des Césars mais il n'avait pas prévu d'introduire la séance avec ses intentions. Ce n'est quand même pas un débat télévisé. Tétanisé sur sa chaise, il a les mains moites, le cœur qui s'affole. Il se demande si Laurent a prévu quelque chose. Élisabeth lui prend la main. Elle sait qu'il garde un souvenir épouvantable de ses années d'exposés, quand il fallait se mettre devant le tableau, face à la classe entière. Il aurait préféré s'évanouir, plutôt que d'affronter le regard de ces petits merdeux, qui prenaient toujours plaisir à l'imiter, bafouillant, les joues rouges et le front baigné de sueur. Mais il n'est plus en culotte courte, et il s'est déjà vengé de Laurent. Il peut gagner. Il connaît chaque personne dans cette salle, cette copropriété, c'est sa vie, sa maison, c'est là où il a emménagé avec Élisabeth après leur mariage, c'est là où il a passé ses plus belles années, là où Élisabeth a allaité leur fils, là où il le berçait parfois, jusqu'au petit matin, c'est là où il a dormi la dernière fois avant l'hôpital. Ce poste de président du conseil, c'est son unique espoir, son dernier espoir. C'est grâce à cette chance qu'il pourra regonfler ses voiles, reprendre confiance, aller de l'avant. Il ne demande que ça, une chance, une toute petite chance, une dernière chance. Laurent hoche la tête, pas besoin de parler.

— Suivez votre cœur, dit-il, ponctué d'un sourire.

— Que le meilleur gagne, dit Hervé en se forçant à sourire lui aussi et en esquissant un geste de la main.

Siméon lui montre son biceps en signe de force.

— Alors allons-y, combien votent pour Hervé Dufour ?

Les mains se lèvent. Le temps semble ralenti. Élisabeth tient la sienne bien haut pour donner du courage aux autres. Hervé retient son air. Siméon l'imite sans hésitation, Mme Marty, quelques têtes blanches, et puis Pascal après un moment qui pourrait ressembler à de l'hésitation.

— Onze voix pour M. Dufour. Et maintenant quels sont ceux qui votent pour M. Kobon ?

Plusieurs mains se lèvent. Élisabeth serre fort celle de son mari. Il se retourne pour regarder qui vote contre lui, qui vote pour l'autre. Il les dévisage : l'Asiatique puis les nouveaux du sixième. Il les compte, les mains en l'air. Deux, trois. Celles du fond de la salle. Huit mains, neuf... Dix. Pas une de plus. Les autres restent en bas, dignes, posées sur les genoux. Hervé sent son cœur qui s'emballe, là, sous sa poitrine recouverte de poils gris et blanc. Il recompte dans sa tête, n'est plus sûr...

Pascal résume :

— Onze voix pour M. Dufour, neuf pour M. Kobon...

— Oui... dit Corinne, son nez dans la paperasse.

Il a gagné. Quel soulagement. Les battements de son cœur frappent fort contre sa cage thoracique. Une vague de joie le submerge. Il repense à l'horizon face à la presqu'île bretonne, à l'océan, à l'orgasme d'Élisabeth. Enfin, il a réussi quelque chose. Il est choisi par ses pairs. Président... Il n'en revient pas. Le bonheur ne tient qu'à ça, une pièce qui retombe du bon côté. Deux voix en plus, un ticket gagnant, des scénarios optimistes. Élisabeth lui sourit avec ses jolis yeux qui plissent. Une chape de plomb en moins, il n'en revient toujours pas. C'est un nouvel élan qui lui prouve qu'il a bien fait de croire, d'arrêter de boire, de se soigner. Il voudrait se lever et embrasser tout le monde. Il sort son discours, déplie le papier et le relit intérieurement. C'est Élisabeth qui l'a écrit et il l'a appris par cœur. Il sourit à Pascal dont les maladresses ne sont pas volontaires. Après tout, il a voté pour lui et c'est tout ce qui compte. Toutes ces blessures sont insignifiantes à présent, il se sent fort, doté d'une cuirasse nouvelle.

Je voudrais vous remercier du fond du cœur pour cet honneur que vous me faites. Vous savez comme j'aime cette copropriété. Je n'ai pas d'autre chez moi que celui-ci. Depuis plus de trente-cinq ans, j'ai appris à vous connaître tous et chacun et vous êtes bien plus que de simples voisins à mes yeux. On a partagé les deuils et les naissances, on a appris à se connaître malgré nos différences. Vous avez tous une histoire à raconter et je ne demande qu'à l'écouter. Je pense à Manuela et à Marie-Claire qui ne sont plus là mais dont les personnalités comptent encore dans nos souvenirs. J'espère être à la hauteur de Pascal qui a fait beaucoup pour nous tous et qui sera toujours le bienvenu ici. On pourrait même envisager d'installer une statue à son effigie au milieu de la cour près du bosquet de romarin ! Qui vote pour ? (Rires.) Aidé par ma merveilleuse femme qu'on peut applaudir pour son travail à la commission jardin… (Applaudissements.) Je vous promets de ne pas compter mes heures pour que vous puissiez trouver votre place dans cette grande maison que nous habitons tous ensemble… Car oui, il s'agit bien à mes yeux d'une seule maison et nous sommes une famille.

Il entend à peine la voix de Corinne qui continue de parler. C'est l'air inquiet d'Élisabeth qui lui met la puce à l'oreille. Voilà que son front ondule à défaut de ses yeux.

— Je tiens donc à préciser que ce sont trois pouvoirs supplémentaires que j'ai reçus par e-mail, ceux de M. Goulet, Mme Grospiron et Mme Chatenet.

Corinne compte et recompte, tapote sur son ordinateur, ne dit rien, fronce les sourcils.

— Ce qui fait une majorité de voix et de tantièmes pour M. Kobon.

L'armure d'Hervé se fissure, ne reste que lui, dégoulinant sous sa veste. Sa chemise est trempée. Il se sent exsangue, gobe un comprimé de baclofène à défaut d'un grand verre de whisky sour pour se donner de la contenance. Corinne relève la tête, retire ses lunettes et regarde Laurent.

— Félicitations, monsieur Kobon.

Laurent, presque abasourdi, se lève, serre la main de Pascal et de Corinne. Face à l'assemblée, il se tient sûr de lui, les épaules solides, droites, son corps tendu vers son auditoire. Le taureau ensanglanté qui se relève. Hervé met du temps à comprendre. Il ne l'avait pas vu venir. Lentement, le torero a glissé sous le regard hébété des spectateurs dans les gradins, pour se retrouver par terre dans son habit de lumière. Du sable jusque dans les yeux, et là, juste là, le bovin à bout de souffle, cinq cents kilos de victoire. Comme Billy avant lui, Hervé perd le combat. Sa muleta rouge retombe sur son visage, étoffe mortuaire, drap de honte, stupide leurre.

— Ça va ? demande Élisabeth à voix basse.

Hervé ne répond pas, il fait un mouvement de tête qui ne ressemble à rien d'intelligible. Il écoute son adversaire, s'imagine à sa place. Il n'y a plus personne dans cette salle, rien que des chaises vides, un ring de boxe et il est KO, mortifié d'y avoir crû.

— Je vais être rapide, on a plein de choses à aborder aujourd'hui. D'abord merci pour vos votes. Beaucoup d'entre vous ne me connaissent pas bien encore. Mais j'ai été délégué tous les ans au lycée, j'ai été capitaine d'une équipe de foot et j'ai vraiment envie de m'impliquer pour représenter nos intérêts. Comme vous le savez, on a été cambriolés il n'y a pas longtemps, et je compte tout faire pour améliorer la sécurité de cette copropriété et veiller sur chacun de vous comme l'a fait Pascal avant moi. Pour moi, une copropriété c'est une petite société, un condensé du monde. L'important c'est de créer du lien !

Il sait pour le cambriolage ! réalise subitement Hervé. Cette présidence, il ne la voulait pas, c'est une manière de reprendre le dessus, de gagner leur guerre. Un joli coup sur l'échiquier. Laurent se rassied, Panya l'embrasse et le félicite. Élisabeth regarde Hervé, le regard triste, elle se penche vers son oreille :

— C'est pas grave. T'es quand même mon président.

Il n'entend plus la suite de cette réunion sans fin. Ses oreilles bourdonnent, des flashbacks de son enfance lui reviennent. Une migraine le prend, il se pince les nerfs optiques, a peur de vomir là devant eux. Le comble. Enfin. Tous se lèvent, il voit presque flou, il chancelle mais se retient à Élisabeth. Ils sortent, côte à côte. Il ne dit au revoir à personne, ne répond pas à Corinne, évite la pitié du monde et surtout celle de Laurent, n'en a plus rien à foutre de tenir droit. Ils marchent dans la rue, jusqu'à l'arrêt de bus. Élisabeth le regarde, cherche les mots. Ils ne viennent pas. De toute façon, il n'est plus là.

39

À minuit, le film est terminé. Un film drôle qui ne l'a pas fait rire. Élisabeth a essayé de lui remonter le moral, il a dit que ce n'était pas grave, que c'était pas non plus la présidence de la République. Il a dit qu'il avait d'autres projets, comme voir sa sœur et emmener Élisabeth essayer le thé dansant. Il a proposé de promener Billy, prétexté qu'il avait besoin d'air après cette soirée mouvementée.

Le chien pisse tous les cent mètres. Hervé ne parvient plus à empêcher le torrent de ses pensées noires. Il ressasse les derniers mois et les blessures, la morsure et cette trahison bien préparée. Il n'en revient pas d'avoir été aussi naïf. L'idée qu'Élisabeth puisse partir ne parvient plus à étouffer la petite voix qui le supplie de boire un coup. Il s'arrête à l'épicerie pour acheter une bouteille de vodka qu'il cache sous sa veste. Sur le banc du square qu'il avait délaissé, il l'entame franchement. Une renaissance avortée. Il en a bu les trois quarts, se résout à laisser ce qu'il reste, là, sur le banc. Un cadeau pour le prochain paumé. Il rentre sur la pointe des pieds, se dépêche de se brosser les dents et de se parfumer pour couvrir l'odeur. Il se couche et tombe comme une pierre, lourde, quittée de toute légèreté. Une pierre qui aurait voulu être un oiseau, mais qui roule de plus en plus vite vers le fond de la terre.

Dans ses cauchemars, il n'y a que Laurent, son rire, son regard, sa victoire. Laurent, monstrueux, jeune et menaçant. Ses yeux glaçants, rouges, ses mains pleines de griffes, ses cornes assassines. Dans cette salle d'assemblée générale aux murs flottants, sans sol ni plafond, au décor de restaurant, Laurent prend tout à Hervé, sa maison, son chien, son fils, sa femme. Il le voit en elle, ses longues mains fantomatiques sur ses reins, il le voit avec Pascal, Siméon et Mme Marty. Tout le monde se tourne vers Hervé en explosant de rire, ils le montrent du doigt. Même Élisabeth rit. Au fond de la salle, le père d'Hervé part sur la pointe des pieds.

Le retraité se lève d'un bond. Ses draps sont trempés. Élisabeth dort. Il finit le verre d'eau sur sa table de nuit puis se rallonge. Sa montre, qu'il ne porte jamais, est abandonnée sur le meuble. Cinq heures. La peinture écaillée du plafond, les photos du couple le jour de leur mariage trônent sur les murs gris de la chambre, la poussière entre les magazines, des vêtements sur une chaise, le panier de Billy, vide. Le chien préfère dormir dans des draps propres. Il aime la douceur du coton qu'il juge plus confortable. Dérangé par les insomnies chroniques de son maître, il a pris l'habitude de redresser la tête dans sa direction, pour le sonder sur ce qui le turlupine. Depuis l'incident, il est devenu inquiet, méfiant. La peur l'a infiltré avec toute sa politesse, il en redemande.

Hervé repense aux images terrifiantes de Laurent, à son père qui se casse. Ils se ressemblent tous les deux, des menteurs éhontés. Hervé se convainc qu'un jour Laurent partira lui aussi. Il abandonnera le bel appartement refait à neuf du troisième étage, il ne dira rien à Panya, ni aux enfants. Une quinte de toux l'ébranle, Hervé crache son mal-être. Il imagine Laurent le lendemain se pavaner dans la cour, fier, il imagine les gens l'appeler « président », et leurs regards emplis de hauteur vers le perdant. Leurs yeux baissés comme ceux de sa mère.

Une image de la soirée lui revient, à la fin de la réunion, Élisabeth a dit au revoir aux Kobon, il n'y avait pas fait attention. L'image est nette, imposante : Élisabeth embrasse Laurent, elle lui dit au revoir, et cet au revoir, c'est une façon de le congratuler à voix basse. Quelle horreur, songe-t-il, humilié par celle qui devrait toujours être son plus grand soutien, celle en qui il croit le plus, sa co-équipière, son phare dans la nuit. Il n'en revient pas. Et en y repensant, elle a toujours joué avec le feu. Malgré la morsure de Billy et la tristesse que cela avait provoqué chez Hervé, Élisabeth avait continué d'appeler Panya qu'elle connaissait pourtant très peu. Et puis il pense à l'autre. Il a voulu mettre ses deux mains à l'avant de son visage pour couvrir ses yeux, ne rien voir, avancer coûte que coûte, une main dans la sienne. Celle de la mère de son fils. Ce n'est pas rien ! Ce n'est pas rien, un enfant à deux. Mais oui, elle l'a trahi déjà, et elle le trahira forcément encore. Il repense à la fête des voisins où elle est allée sans lui. Qu'est-ce qu'elle a été foutre là-haut sans se préoccuper de son mari ? C'est certain, Laurent a baisé sa femme partout, là-bas et ici, dans cet appartement miteux, il a joui de son sperme immonde partout sur ses objets de cœur, sa personne préférée. C'en est trop, le surplus d'images sordides le submerge, il étouffe, se lève, rejoint le salon. Quand devient-on un monstre ? se demande Hervé. C'est quoi un monstre ? Il débranche le téléphone d'Élisabeth qui recharge dans le salon, compose son code secret mais évident, la date de naissance de Paul. Il tape « Laurent Kobon », ne trouve rien, cherche « Panya ». La discussion s'affiche, il va tout en bas. Un message de Panya :

Désolée pour Hervé, il ne l'a pas mal pris ?
Comment ça va ?

En dessous, la réponse d'Élisabeth.

Non, t'en fais pas, ça va. Et encore bravo à Laurent.

Hervé jette de toutes ses forces contre le mur l'objet prophétique qui explose. Élisabeth se réveille, encore endormie, à mi-chemin entre ses propres rêves et la réalité. Elle se frotte les yeux, rejoint le salon, demande à Hervé ce qu'il se passe :

— Tu refais une insomnie ?

Hervé ne se contient plus. Tous ses remparts cèdent les uns après les autres.

— Pourquoi tu m'as menti ? Hein ?! Pourquoi tu me prends pour un con, toi aussi ? C'est quoi ces textos derrière mon dos ?

Élisabeth est paralysée par la surprise, elle ne l'a jamais vu comme ça. Est-ce qu'elle dort encore ? Le ton d'Hervé, sa fureur, ont vite fait de la réveiller pour de bon. Elle a peur, les yeux d'Hervé sont quasiment révulsés, c'est un personnage affreux, celui des films qui finissent mal. Elle n'ose pas s'approcher, se recule, parle doucement, distinctement :

— Tu… Tu as bu ?

— Tu vas me dire que tu ne m'as pas trompé ? Que Laurent ne t'a pas baisée comme une chienne là, et là ? crache-t-il en montrant tour à tour le fauteuil et la table.

— Mais jamais de la vie. De quoi tu parles ! ?

Il a repris le contrôle. Il n'est plus une victime. Ce soir, c'est cartes sur table, rideau sur ses années de servitude au silence. Il allume une cigarette, il sait qu'elle ne dira rien.

— Tu crois que je t'ai pas vue avec ton amant, à l'époque ? Tu crois que je suis pas au courant, que je vous ai pas suivis au parc ? Ah, il en avait de jolies derbys, je comprends. C'est sûr que moi, à côté, je faisais pas le poids. Tu dis rien ? Ben oui je suis au courant depuis tout ce temps ! J'ai fermé ma gueule pour sauver notre couple, mais là, ça suffit, tu vas trop loin, tu devrais me défendre, nous protéger au lieu d'aller faire ta belle avec ces enculés de voisins.

— De quoi tu parles ? Quel amant ? Arrête, supplie Élisabeth, en pleurs. Tu deviens fou, tu me fais peur.

— Fou, moi ? J'ai jamais vu aussi clair ! Tu ne m'as jamais pardonné la mort de Paul, et tu me le fais payer.

— Ne parle pas de Paul, dit-elle entre ses larmes, un doigt tendu vers lui pour le faire reculer. Je ne t'ai jamais dit que c'était ta faute, jamais. J'ai mal comme toi, il me manque tous les jours, comme toi ! crie-t-elle. Il faut que tu te soignes…

— C'est toi qui devrais te soigner ! Il aurait honte de sa mère, qui se tape les inconnus, les voisins, n'importe qui pour se sentir encore un peu jeune. Une vraie nympho. Une pute.

Elle le regarde, écartelée entre l'envie de le gifler et celle de le calmer, de le rassurer, de le faire dessaouler.

— Tu ne m'as jamais parlé comme ça. Va te coucher s'il te plaît, on se parle demain tranquillement, d'accord ? (Elle s'approche de lui, fébrile et ajoute :) Je te promets, sur la tête de Paul, que je n'ai jamais couché avec quelqu'un d'autre que toi, et encore moins avec Laurent.

Elle répète, les larmes aux yeux :

— Jamais.

Hervé voudrait s'enfuir, comme son père avant lui. Il comprend tout à coup cette envie irrépressible de tout quitter, de prendre ses jambes à son coup pour se réaliser soi, pour vivre autre chose. Il voudrait voir la mer, prendre un train, regarder les paysages verdoyants corses assis dans la vieille Micheline. Il voudrait croquer dans une poire juteuse, s'installer dans un pavillon à Asnières. Billy pourrait courir dans un grand jardin. Il voudrait demander pardon à Élisabeth, mais il sait que c'est trop tard, qu'il est allé trop loin. Sous l'amour se cache parfois l'animosité, le mépris, comme les crabes et les vives se planquent sous le sable.

Il n'y a plus qu'un seul Hervé, et tout enhardi par la rédemption de sa cruauté, il dit :

— Je vais tuer tous nos ennuis.

Il articule cette phrase sans émotion, comme s'il disait « je vais acheter le pain ». Élisabeth le regarde, pétrifiée.

— Qu'est-ce que tu racontes ? Hervé, arrête !

Elle s'accroche à lui mais il la repousse, la jette sur le sol. Toujours en tee-shirt et bas de pyjama, il ouvre un tiroir, attrape un couteau et sort précipitamment. Billy se redresse. Ce n'est pas l'heure habituelle de sa promenade, il n'en est pas moins ravi. Mais Hervé monte les escaliers au lieu de les descendre. Délaissés, les hortensias, pour l'étage de Vanille, ennemi juré, objet de sa rancune indélébile. Billy renonce, il observe Élisabeth se relever, courir vers son téléphone cassé, se rabattre sur le fixe.

40

Jamais il n'a monté les marches entre le deuxième et le troisième étage aussi vite. Il sonne plusieurs fois chez les Kobon. Toute sa haine contre leur sonnette foireuse. Il insiste et sonne encore, encore et encore. Il voit qu'on l'observe dans l'œil de la porte. Judas lui-même finit par ouvrir. Six heures du matin, tiré du lit, Laurent fronce les sourcils dans son jogging bleu.

— Monsieur le président, en chair et en os, un honneur ! s'exclame Hervé.

— Qu'est-ce qui t'arrive ? T'es encore bourré ou quoi ? Allez rentre chez toi, bâille Laurent en s'apprêtant à refermer sa porte d'entrée.

— Je t'emmerde Kobon. Toi et les petits prétentieux dans ton genre, je vous emmerde.

Les petites billes d'Hervé brillent d'une lumière nouvelle, celle du courage d'agir, la lumière venimeuse d'une vendetta au petit matin. Un nouveau président mort, à la Kennedy, vengeance des saints ou des rats, revanche de l'ombre, de l'étage du bas sur celui du haut, d'un vaincu sur un gagnant. Hervé plante son couteau dans l'abdomen de Laurent, une fois, deux fois, trois fois. Tant pis pour le sang. Laurent n'a le temps de rien. Hervé lui assène un quatrième coup. Une exécution. Avec une haine délirante, sans aucune limite. Un trop plein de rancœur, de confusion. Il voit l'homme à terre, sentiments diffus. Le paillasson vire au rouge, on ne lira plus jamais : « Le bonheur c'est ici. » Le bonheur n'est nulle part.

Panya apparaît au bout du couloir. En voyant la scène, elle hurle, se jette sur Hervé. Il la repousse, forcé d'entrer sans y être invité. Ils se battent. Corps à corps maintes fois désiré, ici le sang en plus, le sperme en moins. La violence le reprend, il la frappe, l'érafle de son couteau. Elle porte la main à sa joue dont le liquide rougeâtre s'échappe avec parcimonie. Elle continue de crier, il voudrait qu'elle se taise. Ses hurlements se conjuguent à ceux d'Élisabeth debout sur le seuil de la porte et ceux des chiens. Leurs cris sont muets. Hervé n'entend plus rien. À la place des trois enfants qui le regardent sans comprendre, figés face à lui, c'est trois fois Paul avec ses grands yeux, son doudou dans la main gauche, son lapin jaune mordillé, son odeur de salive. C'est Paul, le joli petit Paul et sa veilleuse, sa chanson préférée, l'espoir d'une vie réussie. Paul, son pyjama plein de cœurs, ses pieds nus sur le sol.

— Paul ? Hervé demande.

Quand il se rend compte, il laisse tomber son couteau dans un bruissement lointain. Il regarde le corps de Laurent, inanimé, au sol, sa victoire, l'œuvre de sa vie, rien qu'un peu de tauromachie. *L'Homme mort* de Manet. La peinture sur ses doigts, c'est du sang. Voilà ce qu'il aura accompli. Voilà à quoi aura servi sa vie minable. Il regarde Panya, ses larmes folles, Élisabeth qui s'agenouille auprès du corps, sans le toucher, les mains sur son visage secoué par les sanglots. Et les enfants, sans trompette, orphelins pour toujours, eux aussi. À cause de lui, de sa jalousie idiote, de ses démons indociles.

Très calmement, un pas devant l'autre, il ouvre la fenêtre. Le vent s'engouffre dans les rideaux de coton. Le vent sur son visage argenté. Enfin, ce balcon sous ses pieds, la guirlande cassée mais lumineuse, un instant magique, au-dessus du monde, à deux pas de chez lui. Il monte sur la table en bois, regarde en haut, comme sa femme le lui a appris, changer de point de vue. Les étoiles brillent pour lui, Paul est là. Il n'a plus peur. Pour la première fois de sa vie, il sait qu'il est au bon endroit, au bon moment. Il n'a qu'à sauter. Pas besoin de courage, tout le monde est là, derrière lui pour lui donner de l'élan. Il entendrait même des applaudissements. Les relents de vodka lui donnent le tournis, ou bien c'est le vertige. Il n'a jamais essayé de se mettre debout, comme ça au-dessus du vide, avant. Il n'a jamais été très courageux. Si Billy me voyait, il pense.

— 1,2,3 soleil!

Le rire de Paul. Le regard d'Élisabeth, fier.

Un pas vers le ciel, juste un. Fuite tant espérée, vers les palmiers et les déserteurs. À lui le petit cercueil, l'oubli, la fin du cauchemar. Il aurait tant aimé ne jamais avoir existé, ne pas avoir fait si mal aux autres… mais alors les moments de joie avec la femme de sa vie, leurs fous rires, leurs baisers longs, les oiseaux dans les arbres et les rayons du soleil sur leur peau, Paul dans son berceau, les câlins de sa mère quand il tombait de vélo, les lettres de son père, les histoires qu'ils s'inventaient dans leurs cabanes de coussins quand ils étaient petits avec sa sœur, la rivière de bière dans sa gorge, Billy… tout ça n'aurait jamais existé non plus.

Hervé s'élance et percute le sol en granit, juste à côté des bosquets de romarin. La mort, enfin.

41

6 h 45. Aziz a froid. Il en a marre de ce boulot à la con, mais n'a pas encore trouvé de solution pour en changer. Il a vidé les poubelles, guette le bruit du camion des éboueurs au loin. Il nettoiera les halls plus tard, se dirige vers le jardin de la copropriété, déploie le long tuyau d'arrosage, réveille la nature endormie, se demande s'il va neiger. Et puis soudain, le sang sur ses baskets, près des fleurs gelées. Le sang d'Hervé, écrasé sur le sol, là, juste devant lui, juste sous ses yeux. Hervé Dufour, la gueule cassée mais le sourire aux lèvres, dans son pyjama élimé. Aziz hurle. Il relève les yeux vers le balcon du troisième où se tient l'ombre d'Élisabeth sans expression. Il vérifie encore, fait un aller-retour avec les yeux, du balcon au cadavre d'Hervé, n'ose pas s'approcher. C'est son cri qui a réveillé les chanceux qui dormaient encore. C'est sa mémoire qui sera marquée à tout jamais par l'image d'Hervé, le crâne fracassé. Son divorce n'a presque plus d'importance.

Autant de voisins aux fenêtres que d'appels aux flics. Les sirènes hurlent, Aziz se bouche les oreilles. Policiers et secouristes arrivent au pas de course. L'un d'eux lui demande ce qu'il s'est passé. Aziz déborde de larmes, il montre du doigt le retraité. La cour est un théâtre, on y joue un drame. Les personnages s'agitent entre les cordons de sécurité. Le médecin légiste ausculte le corps. On prend des photos, on prend des notes. Tout le monde se croise dans les escaliers du bâtiment B.

Ils ont trouvé Laurent gisant à terre sur le seuil de sa porte, mort de quatre coups de couteau. Ses enfants dans l'entrée. À côté d'eux, leur mère, Panya, en état de choc. Ils ont soigné sa blessure, elle a vomi sa bile sous leurs yeux. Élisabeth est restée assise sur le balcon des Kobon jusqu'à ce qu'on lui demande de se lever. Elle regardait son mari allongé au sol, trois étages plus bas. Elle a dit :

— Il est sûrement avec Paul.

Le policier l'a entourée de ses bras, il a dit :

— Mais oui madame, mais oui… Venez avec moi, s'il vous plaît.

Elle les a suivis sans broncher. Un dernier regard pour Laurent, Panya et les enfants.

— Pardon.

Elle était bonne pour la perpétuité, celle d'une vie foutue pour de bon. Les voisins ont tous donné leurs avis. Aux policiers, aux journalistes, aux jeunes du quartier, à qui voulait bien l'entendre. C'était un homme ordinaire, pour ne pas dire banal, un homme qui n'aurait pas fait de mal à une mouche. Élisabeth n'est déjà plus Élisabeth, c'est la femme d'Hervé, la femme du fou, du meurtrier, de l'alcoolique, du retraité sénile, du psychopathe. En tuant Laurent, en se jetant du balcon, il l'a entraînée avec lui. Elle aurait préféré la chute, mourir aussi. Sa punition est de vivre. Elle l'a enterré avec Paul au cimetière d'Alfortville. Deux fois plus de fleurs. Il n'y avait presque personne, juste Anne et un ancien collègue. Même Siméon n'est pas venu. Aucun voisin n'est venu. Les policiers ont retrouvé la photo de Panya à moitié brûlée dans la poche d'Hervé. Le psychiatre a qualifié Hervé d'homme immature, dépressif et borderline. Hervé aurait sans doute été condamné à treize ans de prison. À choisir, Élisabeth préfère un mari mort.

Épilogue

Hervé aurait fêté ses soixante-six ans. Il ne manque finalement à personne. Le calme est revenu dans la copropriété. Plus de traces de sang nulle part. Les fleurs continuent de pousser coûte que coûte. Si le malheur a le don de s'infiltrer partout, la nature aussi. La joie des enfants, la couleur des pâquerettes et du jasmin font taire les chimères. Il y aura toujours un après, toujours un lendemain, toujours de la musique chez un voisin joyeux, toujours de l'espoir sur certains paillassons et des gens qui sourient sans rien attendre en retour.

Pascal a repris sa fonction de président du conseil. Son histoire avec Morgane s'est terminée après quelques mois passionnés. Il est revenu avec ses cartons, sa machine à café, ses livres et même le vélo d'appartement.

Panya et ses enfants ont déménagé dans le sud de la France après le drame, dans une petite maison sans voisins de proximité. Leur appartement a été revendu à un couple de trentenaires avec un bébé de six mois. Il a fallu attendre un an pour réussir à le vendre, il a fallu le brader, faire comme si c'était une histoire ancienne qui les concernait à peine, comme s'ils pouvaient arrêter de pleurer pour parler des charges et de la vue formidable. Les agents ont pris leur commission, et la terre a continué de tourner.

Élisabeth a gardé l'appartement, elle sort peu, sauf pour le chien. On l'aperçoit parfois entre les rideaux ou les lames des volets, en se concentrant bien. Elle vit avec ses morts. Elle ne donne plus de cours d'anglais. Tous les jours, elle se dit que c'est sa faute, qu'elle aurait dû le forcer à parler de ses doutes. Elle ne cherchait rien d'autre dans cette vie qu'un amour tranquille. Elle lui aurait dit, si elle avait compris sa jalousie, qu'un seul homme vraiment lui avait fait la cour mais qu'elle lui avait dit non. Aucun autre ne serait jamais le père de Paul. Elle ne regarde plus jamais là-haut, elle ne s'autorise plus que le chagrin et les regrets. Billy fait avec. Au moins Vanille est parti. Il a toujours su voir le verre à moitié plein. Il essaye de remonter le moral de sa maîtresse, dort avec elle pour combler le vide, remplace les baisers des absents par des léchouilles humides, jappe pour rompre le silence. Pour la faire rire, il se dresse sur ses deux pattes et parvient à faire quelques pas, surtout s'il y a un peu de poulet à la clé. Il se couche quand elle le lui demande, s'assied, se laisse tomber en arrière. Il sait bien qu'elle n'oublie pas, mais il s'échine à la divertir, à faire passer le temps, maintenant qu'elle partage sa vie de chien. Un jour, elle pourra serrer son bébé dans ses bras de nouveau, elle sera de nouveau complète. Et quand elle reverra son Hervé aux cheveux d'argent, elle pourra lui demander :

— Mais qu'est-ce que t'as foutu, putain ?

Remerciements

Je remercie avant tout mon éditrice, Violaine Chivot, d'avoir aimé ce texte. Pour nos conversations, la justesse de tes mots et ta bienveillance. Sans toi, ce rêve serait toujours un rêve.

Merci à toute l'équipe du Masque pour cette aventure collective.

Merci aux libraires pour votre travail précieux, et aux lecteurs !

À Laura, voisine lumineuse, à Kourosh pour le tar.
À Lucile Fregeac pour la force.
À Bernard Werber pour cette phrase punaisée sur mon mur d'écriture « le découragement fait partie du mode de sélection ».

Mes premiers lecteurs de cœur : Morgane, Sophie, Vanessa, Capucine, Virginie, François et Sylviane : vos encouragements m'ont donné suffisamment d'élan pour faire les Jeux olympiques.

Monica per l'italiano, i cappuccini, il sostegno.

À Frédéric qui m'accompagne depuis tant d'années sur le chemin de l'écriture, pour ton regard affuté, ton amitié indispensable, ton humour et tes pieds nus sous les tables.

Merci à ma belle-famille qui m'a adoptée avec tant de gentillesse et à mon clan karmique, la Najarie, pour votre amour et votre soutien constant.

Merci à Cédric, mon Clyde, qui me comprend et me défie, à James et à Théodore, mes deux soleils.

À ma Boulette, j'aurais adoré que tu puisses avoir ce livre entre les mains. Je sais que tu te débrouilleras.

Et à tous ceux qui ont contredit la noirceur de ce monde et qui continueront de le faire.

CET OUVRAGE A ÉTÉ COMPOSÉ PAR BELLE PAGE
ET ACHEVÉ D'IMPRIMER
PAR CPI BUSSIÈRE (SAINT-AMAND-MONTROND)
POUR LE COMPTE DES ÉDITIONS J.-C. LATTÈS
17, RUE JACOB – 75006 PARIS
EN DÉCEMBRE 2021

PAPIER À BASE DE
FIBRES CERTIFIÉES

JC Lattès s'engage pour
l'environnement en réduisant
l'empreinte carbone de ses livres.
Celle de cet exemplaire est de :
600 g éq. CO_2
Rendez-vous sur
www.jclattes-durable.fr

N° d'édition : 01 – N° d'impression : 2061905
Dépôt légal : janvier 2022
Imprimé en France